La Cita

Ángel Buendía Esparcia

Copyright © 2018 Ángel Buendía Esparcia

–Todos los derechos reservados–

ISBN: 978–84–697–9953–6
Depósito Legal: D.L.AB 96–2018

DEDICATORIA

A ti Nuria por tu apoyo.
A ti Celia por tu ilusión.
A vosotros Padres por vuestro hombro.

CONTENIDO

PRÓLOGO

La vela iluminaba con una luz tenue y cálida toda la sala. Era complicado encontrar ya velas con olor a rosas y que no parezcan insecticida, pero esa vez si había conseguido la combinación perfecta tal y como le gustaba a ella. De hecho, sabía que era muy exigente en ese sentido y cada pequeño detalle era necesario.

Esa pequeña mesa cuadrada, contenía lo suficiente para poder mantener la velada correcta: dos copas de vino, dos platos cuadrados con sushi, y una ensalada templada en el centro. No le gustaba el sushi, pero una noche podría intentar mantener la compostura y hacerla a ella feliz.

Los dos comensales estaban perfectos para la ocasión. Ella con un vestido negro ceñido que marcaba cada una de sus curvas, y él con una camisa blanca y un tejano ajustado, dejando ver que el chico se cuidaba en el gimnasio. Los dos estaban cogidos de la mano como dispuestos a empezar esa cita. El cover de "Don´t Cry" de los Guns & Roses, interpretada por Alba del Río, añadía la magia de aquel momento…

La Cita

Ciborg_321

Hola, estas ahí? 21:47

Hola wapo k t cuentas? 21:47

Ciborg_321

Ahí va eso, a ver si t gusta? 21:48

⬇ 69 KB 21:48

Ciborg_321

▶ 6:36 21:48

1moment.... 21:50

Interesant 22:00

K sushi comprat? 22:00

Ciborg_321
Sabes k sushume t best.... ademas, me lo pediste la ultima vez... 22:01

😂😂😂😂😂 22:02 ✓✓

Era xra pillart.... 22:02 ✓✓

No se, noto algo distinto a la última vez 22:03 ✓✓

Quien canta? 22:03 ✓✓

Ciborg_321
Alba del Rio, xra 1 momento intimo 22:04

👏 👏 👏 👏 22:04

jajajaja, es cierto, casi la elijo yo, me lo estas poniendo difícil 22:05 ✓✓

😖 22:05 ✓✓

Ciborg_321
Hay 1 sorpresa 22:06

Adivina 22:06

Uhmmmm 22:06 ✓✓

Venga 1pista 22:06 ✓✓

Ciborg_321
K me das tu? 22:07

La Cita

Barbilla? 22:08 ✓✓

Ciborg_321

😫 22:08

Ya la tengo.... 22:08

Esfuérzate 22:08

No t hagas de rogar.... 22:09 ✓✓

Bueno, el tobillo, xro k sepas k es lo único q vas a ver de mis piernas x el momento 22:09 ✓✓

Soy muy clásica 22:10 ✓✓

😂😂😂😂😂 22:10 ✓✓

Ciborg_321

😂😂😂😂😂 22:10

Venga la espero 22:10

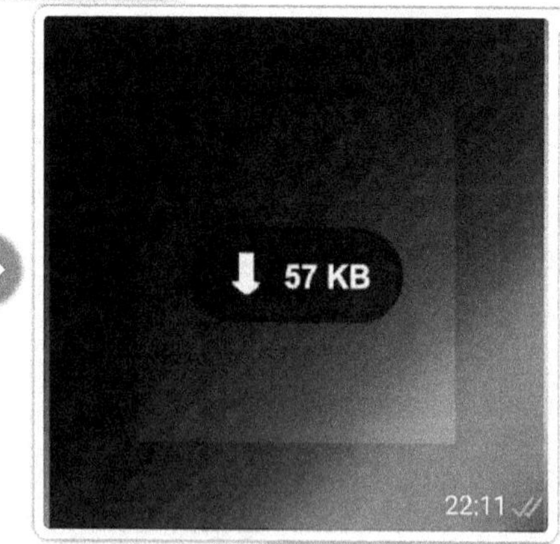

T gusta? 22:12

Ciborg_321
22:13

M encanta tu tatuaje 22:13

T lo tenias bien guardadito 22:13

22:14

Siempre hay q guardarse secretos
22:14

xra darle vidilla y mejor k tu nadie xra
saberlo 22:14

Ehhh, mi pista q no se m olvida...
22:14

Ciborg_321

Bueeeeeno te la mereces 22:15

mirat en la oreja.... 22:15

22:17

Diosssssss, como.... 22:17

Esos pendientes los tengo desde hace
años 22:17

Creia q ni existian ya 22:17

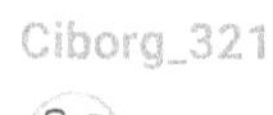

Ciborg_321

M encantan, no sabes lo q m costo encontrarlos

22:18

Como has sabido q tenia unos iguales?

22:18 ✓✓

No habrás entrado en mi casa? 22:18 ✓✓

Ciborg_321

22:19

Ciborgggg, ese no era el trato... 22:19 ✓✓

Ciborg_321

 22:20

No t acuerdas d esto? 22:20

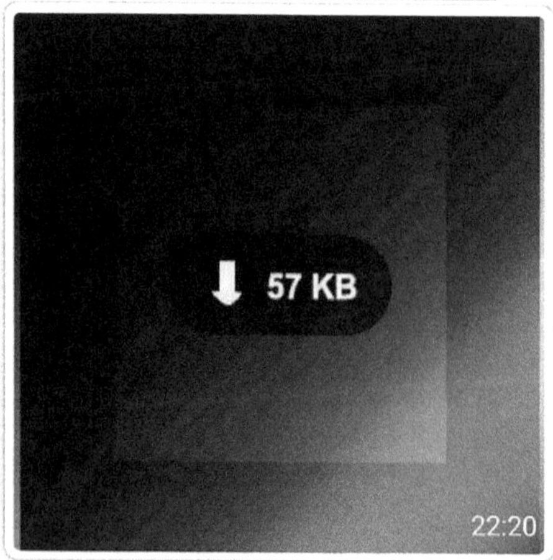

22:20

22:21 ✓✓

Diosss aún la tienes... 22:21 ✓✓

xro si fue d la primera vez q hablamos 22:21 ✓✓

Ciborg_321

jajajajajaja 22:21

Soy 1romantico 22:21

😳 22:22 ✓✓

Ciborg_321

Ademas soy 1 caballero y si hicimos 1 trato lo llevaré hasta el final 22:22

se que la recompensa lo merecerá 22:22

😃😚😚😚 22:23 ✓✓

Me ha encantado Ciborg 22:23 ✓✓

Has tenido muchos problemas esta vez? 22:23 ✓✓

Ciborg_321

Bueno, lo de siempre 22:24

Ya sabes.... no se dejan hacer 22:24

Ya... 22:24 ✓✓

Ciborg_321

Esta vez casi se m escapan... 22:25

Como? 22:25

22:25

K ha pasado? 22:26

Ciborg_321

La tipa me empujo mientras freia al tio.
Despues se abalanzó sobre mi y me
mordió la pierna la muy puta, parecia
un perro rabioso, menos mal que
llevaba spray de pimienta y la pude freir
después
22:27

Joder Ciborg, no los ataste? al final nos
van a pillar
22:27

Ciborg_321

No t preocupes Moon, eso no pasará
22:28

La tipa m sacaba una cabeza y eran
muy viciosos, ella solo se dejaba atar
por él...
22:28

No volverá a pasar, t lo prometo, se
acabaron los trios
22:28

Creo q debemos dejar esto 22:29

Ciborg_321

Nooo, despues de lo q llevamos tenemos q acabarlo, cuando nos juntemos nadie podrá separarnos 22:30

Estamos hechos xra estar juntos 22:30

Sabes lo k nos jugamos Ciborg, podriamos pudrirnos en la carcel de x vida 22:30

Ciborg_321

No nos van a pillar, Moon, sabes k somos buenos y al final se merecen lo k les pasa... 22:31

Como tengamos otro problema lo dejamos 22:31

vale? 22:31

Ciborg_321

Quieres mi parte? 22:31

Tonto... 22:32

Sorprendeme 22:32

La Cita

Ciborg_321

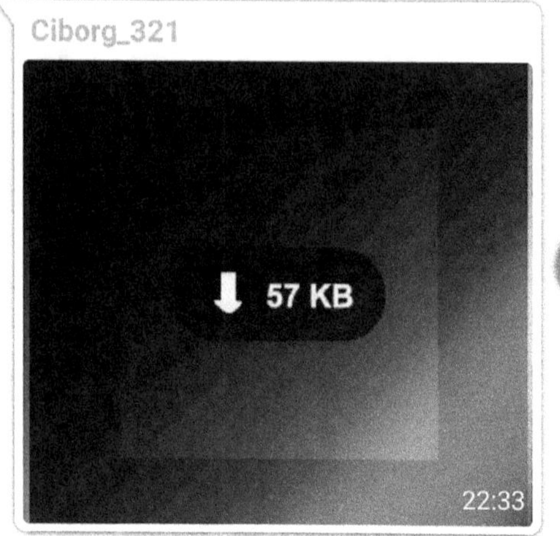

Eres tu???? 22:34 ✓✓

Q cosa + preciosa 22:35 ✓✓

Ciborg_321

Los cuerpos cambian a veces.... 22:35

xro a mejor 22:35

Uhmmmm, ya keda menos xra verte, esta foto me ayuda poco xra conocerte mas... 22:35 ✓✓

Ciborg_321

T lo dejo a tu imaginación, seguro que puede hacerte una idea 22:36

Lo intentaré 22:37 ✓✓

me voy a dormir wapo, nos ponemos en contacto pronto   22:37

Ciborg_321

Sueña conmigo Moon...   22:37

Como lo sabes....   22:38

La Cita

CAPÍTULO I
13 DE AGOSTO DE 2015

"Buenas noches diario, hoy me encuentro extraña. Sabes que llevo tiempo sin estar con un chico, tal vez demasiado. Pero hoy he conocido a alguien, o por lo menos eso creo. Sabes mi tonta afición de jugar al parchís online y más ahora en verano, que no puedes salir de esta puta casa hasta bien caída la noche. Si Madrid tuviera playa, otro gallo hubiera cantado, pero nada, la piscina me agobia y todas mis amigas se han ido de veraneo con sus novios. Me dijeron que me fuera, pero no soporto ser aguanta–velas de nadie, y más aún cuando tienen su vida perfecta y maravillosa. Es asqueroso estar sola y no me hace bien pensar en ello y que parezca que se compadecen de ti. Por eso prefiero estar en mi casa y meterme a jugar, conocer un día a uno y otro día a otro, y fantasear, poco daño te pueden hacer ¿no?

Como te he dicho, hoy ha sido especial. Estaba a solas en una sala con un chaval, se llamaba Ciborg, parecía un friki, pero la verdad es que era muy agradable, hemos jugado una partida, otra más, y otra, pero lo de menos era el parchís. Ha habido un momento que parece que el tiempo se paraba, y es la primera vez que me pasa, o por lo menos a través del chat, lo he visto especial, aunque ya sabes, tod@s mentimos por la red, o por lo menos un poquito. Parece que también es de Madrid, si no me ha mentido, pero bueno, tampoco me importa mucho, también le he puesto yo que me llamo Luna_Moon, aunque ese siempre es el nick que utilizo para jugar. Hemos hablado de chorradas, pero mira, cuando hace calor da igual de lo que te hablen, solo quieres olvidarte de él.

Me ha dado su número de teléfono por si queríamos hablar por WhatsApp, y al principio, aunque pensaba no dárselo, he dicho, ¿por qué no? Total, nunca está de más abrir un poco el abanico de amistades, y más si es de Madrid como dice. Y aquí estoy esperando, soy tonta, ¿verdad? No sé por qué me estoy haciendo ilusiones por un ciber chico, pero esto de estar sola ya sabes que mal me sienta, y a esto se le llama desesperación, pero bueno otra mata que no ha echado, como diría mi madre. Espera………

¡Dios que fuerte! Era él, hemos estado hablando dos horas por WhatsApp, me ha dicho que, si me llamaba, y le he dicho que se olvide, que prefiero guardar el misterio un poco más. Es muy simpático, y parece buen chico, no como el asqueroso de Marcos que me dejó y me hizo pasarlo realmente mal. Pero bueno, creo que mañana volveremos a hablar ya te iré contando. Hasta mañana que son ya las 3 y los ojos me pesan."

CAPÍTULO II
14 DE MARZO DE 2017

Los dos agentes se acercaban a un aviso que habían recibido desde el Apart–Hotel Compostela Suites. Este estaba situado a las afueras de Madrid, cerca del aeropuerto de Adolfo Suarez–Barajas. Tenían unas instalaciones adecuadas para pequeñas estancias o gente de negocios que estuvieran de paso por la capital. Su proximidad a la M40 y esta al aeropuerto hacía que tuviera una reserva complicada. No obstante, el complejo parecía una colmena formada por apartamentos de uno y dos dormitorios.

–A ver qué nos encontramos esta vez– dijo con voz grave Sagarra. Era un agente joven que llevaba en la división de homicidios seis años, siendo de los mejores, pero aún sus superiores le miraban con recelo debido a su ímpetu. También lo apodaban "El Faquir" y este sobrenombre le venía que ni pintado, su tez oscura, unido a su nariz aguileña, le confería ese perfil de faquir oriental. Muchos lo habían visto en la ducha y era un tratado exacto de anatomía, le faltaban gramos por todos los lados, ya que, si no conocías un hueso, él podía mostrarlo sin necesidad de ninguna radiografía.

–Seguro que será la típica pelea que ha acabado con la muerte de ella y el suicidio de él, son asquerosos los casos que hay últimamente – comentó Velázquez. Tino, que es como lo llamaban los compañeros, era un joven recién ingresado, que había entrado gracias a los favores que le debían a su padre. No obstante, parecía un buen chaval, no daba problemas en ningún sentido, pero se notaba que pensaba más en altos vuelos, que en el puesto que estaba desempeñando ahora. Sabía que su futuro sería el de ser un alto mando, sin más preocupaciones que el café de la mañana, esté más o menos cargado. Era el típico chico actual, con cuidados estéticos mayores que cualquier chica, más preocupado en sus músculos y su alimentación que de los cambios que estaban surgiendo en la sociedad que le rodeaba.

Sagarra no estaba muy contento con la asignación de tener a este compañero, se puede decir que se lo impusieron sin su consentimiento. No obstante, el Faquir era demasiado disciplinado en este aspecto y lo asumió aun sabiendo que esto podía retrasarle un posible ascenso.

Aparcaron el vehículo policial delante de recepción y se dispusieron a hablar con el recepcionista. Este, de origen marroquí, se encontraba algo nervioso.

–Buenos días –dijo Velázquez– hemos recibido un aviso, informando sobre un asesinato.

–Realmente dos –indicó el recepcionista– Se encuentran en la habitación 1343.

–¿Quién los encontró? – preguntó Sagarra– ¿Fue usted mismo?

–Tuve un aviso por parte del servicio de habitaciones indicándome que no podían abrir una habitación, parece ser que la llave no les funcionaba –repuso el trabajador– Subí hacia la habitación y me di cuenta de que realmente no se podía abrir, avisé a mantenimiento y tuvieron que desarmar la cerradura. Al entrar vimos a dos personas sentadas en la mesa. Nos pareció raro que no nos contestarán a nuestras preguntas, y fue cuando nos acercamos y vimos que estaban muertos.

–¿Sentados dice? –dijo Velázquez– Parece complicado que se puedan sostener, ¿no?

–Puedo decirle que los dos se encuentran ahora mismo sentados. Ustedes podrán verlo cuando suban– dijo el recepcionista.

–¿Alguna cosa más que quiera añadir? ¿Algo raro que haya visto, sentido? – añadió Sagarra.

–Un fuerte olor a rosas. No era desagradable, pero el ambientador que utilizamos no es ni mucho menos ese. –dijo el trabajador– El nuestro es de manzana.

–Muy bien. ¿Puede indicarnos cómo llegar? – preguntó Sagarra.

–Síganme– El recepcionista salió de detrás del mostrador y acompañó a los dos agentes hacia la habitación. El complejo lo conformaban cuatro bloques de edificios iguales, que rodeaban a una plaza central donde se ubicaba distintas instalaciones deportivas junto con otras de ocio para los más pequeños. Entraron al bloque de edificios número uno y subieron a la tercera planta que es donde se encontraba la habitación en cuestión. El pasillo para acceder era interminable. El hacinamiento de tal cantidad de habitáculos hacía que estuvieran juntas puerta con puerta, dando una sensación extraordinaria de agobio.

El personal del hotel había colocado los carros de limpieza evitando el acceso a la habitación para que la policía tuviera intacta la escena del crimen. El recepcionista empujó la puerta que no tenía aún la cerradura arreglada y accedieron a la habitación. Justo al abrir la puerta se podía observar la mesa donde dos siluetas de dos personas se encontraban sentadas tal y como les había comentado el recepcionista.

Al principio era verdad que resultaba curioso ver como se sostenían sentadas y con las manos entrelazadas, pero no era sino el efecto del rigor mortis. Ambos cuerpos habían sido colocados de dicha manera antes de que la rigidez hiciera efecto, con lo cual parecía que el asesino tuvo bastante tiempo hasta que estuvieran en esas condiciones.

–¿Cuándo realizaron el check–in estas personas? –Se dirigió Sagarra hacia el recepcionista.

–Solo tengo el registro de él, y además fue algo tarde. Tendría que hablar con el que lo atendió en el turno de noche, pero por la información que tengo en el ordenador fue sobre la doce y media, una de la madrugada.

–¿Seguro? –entrecerró los ojos Sagarra como si algo no le cuadrara–¿no fue antes? Son las 10 de la mañana y los veo demasiado rígidos para supuestamente el tiempo que ha pasado.

–He mirado esta mañana el registro y conforme lo que pone, esa fue la hora– contestó de nuevo el recepcionista– Para nosotros no es muy raro porque muchas personas aprovechan y realizan la entrada a altas horas de la noche porque su vuelo llega tarde, o porque vienen de viaje de otra ciudad y aprovechan solo la noche para estar con nosotros y levantarse temprano para seguir la ruta. No obstante, la reserva la hizo por internet, si quieren luego se la enseño.

–De acuerdo, ahora nos prepara una copia y la estudiaremos. ¿Cuál era el nombre de él? – intervino Velázquez.

–Leo Basile – indicó el recepcionista– Lo ponía en la copia del DNI que nos dejó.

–Quisiéramos hablar luego con el compañero que

habló con él para que nos informe si recuerda algo extraño.

La ropa que ambos tenían era muy normal, ella con un vestido ceñido negro, que parecía comprado del Primark, con medias en el mismo color, y unos zapatos con unos tacones de escándalo. Resultaba curioso no encontrar en ella ninguna joya o baratija adornándole, de hecho, no llevaba pendientes. Tampoco se le veía maquillada, lo que hacía que se mostrara la cantidad de moratones y heridas que le habían infligido. Con todo ello se veía que era una chica bastante atractiva, color de pelo rubio, con facciones delgadas, y grandes labios que se encontraban destrozados por la paliza que había recibido.

Por otro lado, el hombre vestía una camisa blanca ajustada donde se notaba que era una persona que se cuidaba bastante, llevaba unos tejanos y unas zapatillas tipo converse. Era de tez morena y al igual que su compañera se notaba que había recibido también una buena paliza, no obstante, era más fácil vislumbrar que la causa de su muerte posiblemente hubiese sido una puñalada con un arma blanca en el costado, ya que la camisa se había teñido de rojo. No llevaba ninguna joya o reloj como su compañera. En relación a su cara era muy cuadrada, con un gran mentón, y ojos muy separados, no resultaba tan atractivo como la otra víctima, pero sí es cierto que en conjunto daba la sensación de apuesto.

Hay algo que resultaba más macabro aún si cabe. Ambas víctimas tenían los ojos abiertos, aun teniendo zonas hinchada la cara, resultaba fácil ver los ojos de ambos, él de un azul intenso y ella castaños. Se notaba ya que no tenían ese brillo propio de los vivos, y se habían adentrado en el mundo de los muertos.

—Parece que celebraban algo, y les sobrevino la muerte

– indicó Sagarra– ¿Han tocado algo?, ¿movido?

–Está conforme nos los encontramos– dijo el recepcionista.

–¡Muy bien!, parece que las series de CSI tienen su efecto –dijo Sagarra de manera sarcástica– Velázquez, sería conveniente que avisaras a la unidad científica para que vayan buscando huellas o pruebas, aunque ya te digo que, solo viendo las copas, poco o nada van a conseguir. Que avisen también al juez para que haga el levantamiento de los cuerpos. Vamos a inspeccionar un poco la habitación mientras ellos vienen para ver si podemos hacernos una composición de la situación.

No se encontraba ningún rastro de sangre, lo que hacía suponer que allí no había sido el lugar donde se les había asesinado, con lo cual los dos agentes se dispusieron a revisar el resto del habitáculo. El apartamento estaba formado por otras dos habitaciones, situadas a mano izquierda de la entrada de la sala de estar. Además, había dos baños, uno solo con plato de ducha, situado justo enfrente de la habitación más pequeña, y otro con bañera incluida dentro de la habitación grande. Todas las habitaciones tenían unas grandes ventanas que asomaban al patio de las instalaciones comunes.

Los dos agentes empezaron la inspección visual de la zona, pero sin grandes hallazgos. Las camas estaban sin deshacer, las toallas estaban colocadas como si no las hubieran tocado, los vasos del aseo contenían la bolsa correspondiente para protegerlos del polvo. Dentro de la cocina americana, se miraron todos los cajones e incluso el cubo de basura, pero nada sin más éxito que un pequeño pico de un plástico trasparente que parecía de la soja que llevaba el sushi. Ante tal panorama, los dos agentes llamaron al recepcionista para que echara un vistazo a ver si encontraba algo que no le cuadraba, pero sin éxito ninguno.

–Creo que debe de peinar mejor la zona la policía científica a ver si encuentran algo que no hayamos visto nosotros, –comentó Sagarra– el asesino se ha tomado muchas molestias en dejar toda la zona limpia. Lo único que tenemos son los dos cuerpos y la mesa, sacaré algunas fotos con el móvil para ir adelantando. ¿Diste aviso ya para que vinieran a custodiar la habitación?

–Sabes que con el nuevo protocolo eso es instantáneo– afirmó Velázquez– lo normal es que lleguen antes los rasos, pero parece ser que deben tener atasco en Madrid, ¡puta hora punta!

En ese momento le sonó la radio.

–¡Mira!, ahí los tienes – indicó Sagarra–. Diles que suban que tenemos que volver a comisaría, tenemos empezar el papeleo de este caso y del suicida de las Delicias.

La verdad es que ambos habían tenido una mañana ajetreada. Acababan de dejar al juez para que levantaran el cadáver de un ahorcado que se encontraba en el Jardín de las Delicias y recibieron el aviso de este caso. Estaba claro que era un suicidio, pero algún agente novato no se quiso pillar los dedos por si acaso lo habían colocado allí después de asesinarlo, así que llamaron a criminalística para que pudieran dar su informe. Burocracia y más burocracia se repetían los dos agentes, pero últimamente estaban desbordados. "El mundo se estaba volviendo loco" decía Sagarra, pero era más la deshumanización y la crisis lo que había hecho que el número de muertes se hubiese disparado en la capital. No eran datos que salieran todos los días en los noticiarios, eran las muertes silenciadas, éstos preferían tener anestesiada a la sociedad con políticos corruptos, y programas de descerebrados. Pero de un tiempo a esta parte algo se estaba cociendo en la sociedad que la estaba acercando más a un caos que a ese orden que tanto se buscaba.

Ambos se dirigieron al coche para volver a la comisaría, les esperaba un largo día, debido a todo el papeleo que tenían que realizar por ambos incidentes. Sagarra se encontraba inquieto con este último caso.

–¿Qué no te cuadra Faquir? – le preguntó Velázquez, aunque llevara poco tiempo con él, conocía lo bastante a su compañero, para saber que cuando se estaba acariciando la barbilla alguna idea se le estaba pasando por la cabeza.

–Nada, la verdad es que nada me cuadra Velázquez, ¿cómo es posible que dos personas sean reducidas y las coloque de esa manera? Tuvo que ser una persona fuerte, o traerlos por separado ya muertos, pero dudo mucho que el portero no se hubiera dado cuenta. Hay que preguntar a todos los trabajadores si vieron a alguien extraño, o trasladando algún bulto grande. No obstante, me he dado cuenta que existen cámaras de vigilancia a lo largo del pasillo, con lo que tiene que haber registros de videos.

–¿No te has dado cuenta de que son cámaras de pega?, las ponen para que la gente no arme escándalo, pero cualquier entendido, sabe que eso graba lo mismo que el ambientador de pino que llevamos ahí colgado– dijo Velázquez señalando al espejo retrovisor. – Conozco bien esta zona. Cuando hay algún partido de alto riesgo es donde se alojan los refuerzos de los cuerpos especiales y me consta que se puede subir directamente desde el aparcamiento sin necesidad de pasar por recepción, con lo cual cualquier persona podría haber subido cualquier cosa sin que se hubiesen enterado.

–No sé Tino, lo que me ha enseñado este oficio es que hay crímenes buenos, pero no perfectos, y el asesino en este caso, no ha dejado nada al azar, está todo como si fuera una representación, y no te extrañe que en los próximos días nos encontremos alguno más.

–Estás diciendo Faquir que tenemos ahora mismo un asesino en serie entre nosotros.

Sagarra asintió con la cabeza

–Creo que por asesinatos es pronto para decirlo, pero me huelo yo que estos que hemos visto no han sido los primeros ni van a ser los últimos.

La Cita

24

CAPÍTULO III
22 DE SEPTIEMBRE DE 2015

"Buenas noches diario, me habrás visto que estos días estoy feliz, y la verdad es que sí, ayer no pude hablar al final contigo porque estuve hasta muy tarde hablando con Ciborg, y la verdad es que es genial. Ayer le dije que podíamos quedar algún día, y no me esperé para nada la contestación que me dijo. Quiere que guardemos esa magia de esos primeros momentos. Te imaginas, me he encontrado con un auténtico Cyrano de Bergerac en el que ahora es el WhatsApp el que dice palabras bonitas y no quiere dar la cara ante mí, ¡¡¡jajajaja!!! No tengo ni una foto suya, ni un nombre, nada, solo sus palabras a través del teléfono y la verdad, no estoy acostumbrada a las relaciones así, pero son cómodas. ¡Imagínate!, si no te interesa lo que dice el otro no ve tu cara de indiferencia y se evitan los problemas de malos entendidos. Si no quieres seguir hablando le dices que te ha surgido una cosa urgente o que te están llamando. No hay amor, ni sexo es verdad, pero estoy asqueada de babosos que solo me miran las tetas y no me gustan los de una noche, ya lo sabes, y aunque a veces lo haga, lo he pasado mal y quiero algo distinto. Así de esta manera sé que tengo siempre a alguien ahí para cuando me apetezca, y si el día de mañana quiero algo más solo tengo que quedar a ver qué tal es, aunque la verdad es que creo que tiene que ser un cardo, porque ahora cualquier chico con músculo lo que quiere es enseñar.

Bueno que me lío y no te digo lo más importante, ayer no hablé contigo porque me dijo que tenía una sorpresa para mí, me dijo que se llamaba "La Cita". Imagínate, como me dijo que no quedaba conmigo para no romper la magia, me preparó una pequeña cita virtual, cursi dirás, pero la verdad es que me divertí……"

CAPÍTULO IV
25 DE SEPTIEMBRE DE 2015

25 DE SEPTIEMBRE DE 2015

Ciborg_321

Toc, Toc, Toc... 21:26

K dices wapo? 21:27

Ciborg_321

Estas preparada xra la velada? 21:28

, esto es xra mi? 21:28

Ciborg_321

Pssss!!!! escucha la música... 21:29

Ciborg_321

4:46   21:29

K suena? 21:32

Ciborg_321
K fuerte.... si es 1 tema mítico 21:33

Matam x ser 1 inculta cerebrito 21:33

Ciborg_321
Don't you cry, de los Gun's 21:33

Cualo? 21:34

Ciborg_321
21:35

al final t gustará, pero si ahora te molesta quitala, 21:35

yo en mi velada contigo la voy a oir 21:36

Tonto, bromeaba, creía que me ibas a poner reggeton 21:37

Ya k me invitas a esta cena voy a ser educada 21:38

Ciborg_321
K te apetece cenar? 21:39

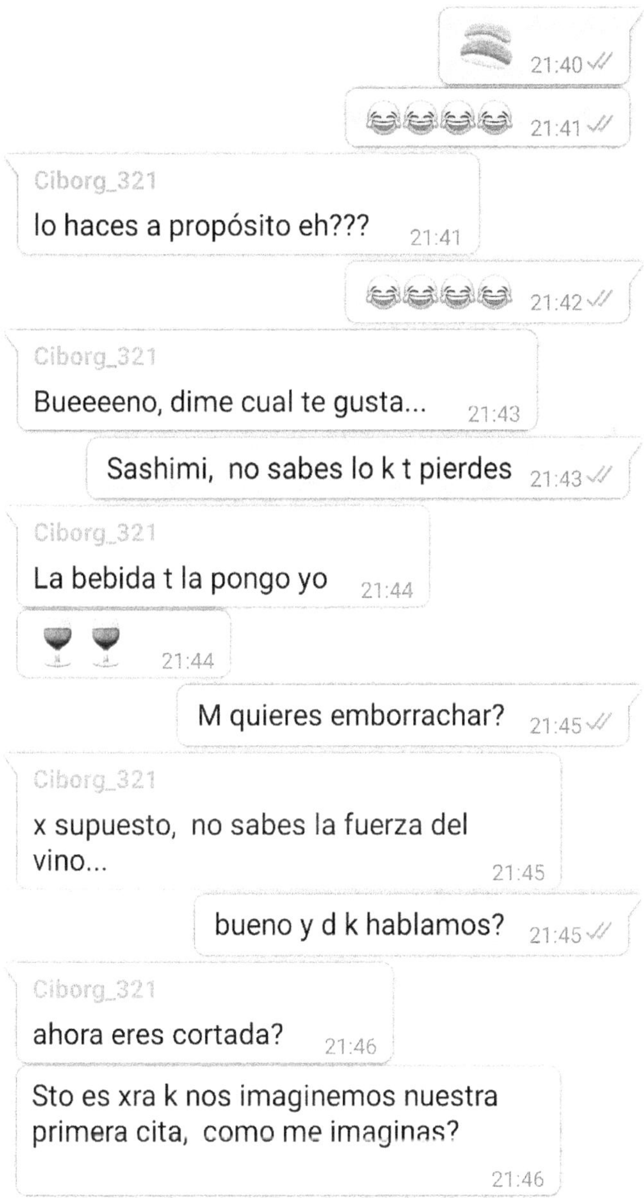
21:40
21:41
Ciborg_321
lo haces a propósito eh??? 21:41
21:42
Ciborg_321
Bueeeeno, dime cual te gusta... 21:43
Sashimi, no sabes lo k t pierdes 21:43
Ciborg_321
La bebida t la pongo yo 21:44
21:44
M quieres emborrachar? 21:45
Ciborg_321
x supuesto, no sabes la fuerza del
vino... 21:45
bueno y d k hablamos? 21:45
Ciborg_321
ahora eres cortada? 21:46
Sto es xra k nos imaginemos nuestra
primera cita, como me imaginas?
21:46

no sé, uffff 21:47

1 tío? 21:47

😂😂😂 21:47

Ciborg_321
😂😂😂 21:47

después d 1 mes es lo único k t imaginas? 21:47

T creía + observadora 21:47

Veeeenga, tu primero y asi rompes el hielo 21:48

Ciborg_321
Ufff 21:48

😂😂😂 21:49

Lo ves, a k no es tan fácil? 21:49

Ciborg_321
a ver si acierto... 21:49

22 a 27 años??? 21:49

Buahhh, eso es acertar? 21:50

Así acierta cualquiera... 21:50

Ciborg_321
bueeeno a ver esto... 21:51

Morena.... ojos marrones... 1.60+o-
21:51

y como mueves los dedos de rápido posiblemente toques el piano
21:51

😳 21:52 ✓✓

😂😂😂😂😂😂 21:52 ✓✓

ufff solo has acertado lo del piano, no eches al euromillon k pierdes
21:52 ✓✓

Ciborg_321

😂😂😂😂 21:52

Casi, pero a k no te esperabas lo del piano???
21:52

😂😂😂😂 21:52 ✓✓

son x los años de experiencia, xro acertaste, si se tocar el piano
21:52 ✓✓

Ciborg_321

😝 21:53

a ver si me sorprendes tu 21:53

Bueno, si acierto algo echo a la primi mañana
21:54 ✓✓

ea, ahi vamos 21:54 ✓✓

Rubio? 21:54 ✓✓

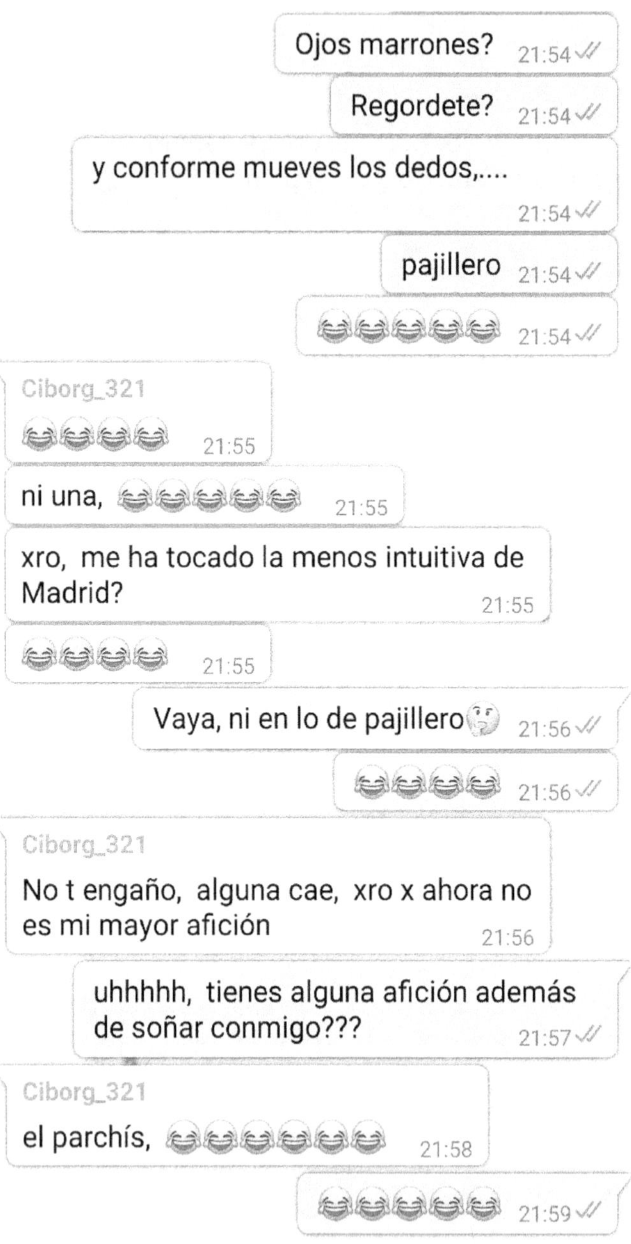

Ojos marrones? 21:54
Regordete? 21:54
y conforme mueves los dedos,.... 21:54
pajillero 21:54
21:54
Ciborg_321
21:55
ni una, 21:55
xro, me ha tocado la menos intuitiva de Madrid? 21:55
21:55
Vaya, ni en lo de pajillero 21:56
21:56
Ciborg_321
No t engaño, alguna cae, xro x ahora no es mi mayor afición 21:56
uhhhhh, tienes alguna afición además de soñar conmigo??? 21:57
Ciborg_321
el parchís, 21:58
21:59

Ciborg_321

la fotografía, quiero exponer a lo grande... 21:59

1dia de stos 21:59

Si??? uhmmm interesante y seré tu modelo para alguna???? 22:00

Ciborg_321

No sé.... 22:01

😵😵😵 22:02

Ciborg!!!! 22:02

Ciborg_321

k me das? 22:02

quieres 1foto para conocerme? 22:03

Ciborg_321

y si hacemos un juego? 22:03

Conozcamonos poco a poco 22:03

si? 22:04

Bufff, no soy tan fea para k no me quieras ver 22:04

Ciborg_321

No te digo eso, 22:04

Y si nos mandamos fotos de una parte d nuestro cuerpo en cada cita, así nos podremos ver poco a poco   22:04

Uhmmmm, bueno espera.   22:05 ✓✓

22:05 ✓✓

Ciborg_321

muy buena.... me encanta ese pendiente   22:06

Recuerdo de una playa....   22:07 ✓✓

t toca   22:07 ✓✓

Ciborg_321

hoy no te debo ningún favor, mañana será otro día   22:07

� 😷😷😷😷😷   22:08 ✓✓

CAPÍTULO V
15 DE MARZO DE 2017

Era temprano cuando Sagarra llego a comisaría. No era una persona que durmiera mucho, parecía como que últimamente el insomnio le atacaba más de la cuenta. Llevaba unos meses de locos, los cambios de procedimiento, el aumento de criminalidad y la poca formación de los nuevos efectivos, hacía que la carga de trabajo fuese mayor. A veces pensaba en dejarlo todo, irse a un pueblo perdido de la sierra de Granada y vivir de artesano, tenía arte para ello y con lo poco que comía seguro que podría subsistir con un pequeño huertecillo. Pero tenía la sangre azul de su uniforme muy adentro, lo que le hacía que amara su profesión, aunque le obligara a dormir poco.

Todas las mañanas se acercaba media hora antes al trabajo para poder revisar todos los casos que llevaba en rueda, y aquella mañana no iba a ser menos. Desde que en el día anterior hubieran encontrado a esos dos cuerpos, no se podía quitar de la cabeza qué podía haber sucedido, y por supuesto estaba intentando en encajar todas las piezas del puzle, oliéndose que iba a ser de los más complicados de su carrera.

Tenía sobre su mesa ya algunos resultados previos sobre la escena del crimen, entre ellos las declaraciones de los trabajadores, además de todas las fotografías, incluidas las tomadas con luz ultravioleta para encontrar rastros de sangre. Aunque si es cierto que en su inspección visual del día anterior no habían visto rastro alguno de la misma, esas fotografías especiales mostraban todo lo contrario, se veía como un rastro de sangre venía desde la habitación principalmente habiéndose cometido el asesinato en un lugar cercano a la cama ya que aparecieron salpicaduras de sangre que partían desde allí y habían sido limpiadas en las paredes y en el colchón. El reguero llegaba hasta la sala de estar, que es donde se encontraban las víctimas.

Los trabajadores de limpieza afirmaron que faltaban las sábanas y no se dieron cuenta de la falta hasta que descubrieron que debajo de la colcha no estaban. Por lo demás no echaban de menos ningún otro objeto o utensilio, de hecho, los jabones, cepillos de dientes, etc., seguían en su sitio y no habían sido ni movidos.

Era extraño observar que no existía ninguna otra marca a excepción a la de las dos personas que se encontraban en la mesa. Era como si el asesino hubiese querido dejar como protagonistas de aquella escena solo a ellos dos. Era muy pronto para avanzar algo, pero daba a entender dos causas, o que el criminal tenía miedo a ser apresado o por el contrario era un mensaje para alguien, pero ¿para quién?

Las declaraciones del recepcionista que atendió a la víctima dieron lugar a otro problema. Es obligatorio que se enseñe la documentación original, pero en este caso lo único que la habían mostrado era una fotocopia del DNI, y daba la casualidad de que ese nombre no existía. Además, el pago que se había realizado no era con la tarjeta que ponía en la reserva, que resultaba ser falsa, sino que se hizo en metálico, con lo que tenían en este caso a dos desconocidos.

Mientras Sagarra llevaba cerca de cuarenta minutos estudiando la documentación apareció Velázquez. Normalmente este también llegaba antes, pero para flirtear con las novatas de turno que había en la comisaría y siempre y cuando no hubiera sido una noche larga. Después del cortejo se encargaba de comentar la jugada con su compañero, de esa manera podría demostrar por unos segundos que era mejor que quien le rodeara.

–¡Buenos días¡ – dijo Velázquez–Ya estás con el caso por lo que veo. Acabo de hablar con la sección forense y me ha dicho que esta tarde tendrá el informe.

–¡Hola! – contestó Sagarra sin separar la vista de los papeles– Muy bien, ¿Quién está en forense ahora?

–Cristina –respondió con una sonrisa sarcástica–, que por cierto será mañana por la noche mi cita. Además, es bueno tener a una amiga dentro, un enchufe en el lugar adecuado siempre ayuda ¿no?

Sagarra lo miró con una sonrisa de complicidad y cambió completamente de tema.

– A ver pongámonos al día, a esperas de los datos de esta tarde, tenemos varios puntos interesantes en este caso. Por un lado, una persona muy meticulosa a la hora de cometer los asesinatos. La escena del crimen principal se encuentra en la habitación, tendríamos que investigar el círculo más cercano de la pareja de desconocidos…

–No eran pareja, y algo conocemos a cerca de ellos– interrumpió Velázquez– ayer después de irte me llamó Cristina y me dio el nombre de los dos. Parece ser que dentro de la ropa encontraron los DNI de cada persona, esta vez sí, los verdaderos. Me puse en contacto con los familiares y amigos. No he pasado aún el informe, pero si quieres te hago un resumen. Él se llamaba Luis Prieto Sempere, casado y con dos hijos, vivía en la calle Tetuán aquí en Madrid, y ella se llamaba Selena Báez Roca, estudiante de Derecho y ejercía de scort, vivía cerca del edificio Madrid, aunque ella era de

Segovia.

–¿Y cómo sabes que ejercía de scort? – le preguntó Sagarra– ¿Acaso la conocías?

–¡Ya me hubiera gustado! Su compañera de piso me dijo que trabajaba ejerciendo de puta de lujo para poder pagarse los estudios. Me he metido dentro de una página web de contactos donde salía ella, y la verdad es que quien la dejó en la silla, le destrozó la cara. Por lástima no hace honor a lo buena que estaba.

–O sea que tenemos a una prostituta y a un tío en una habitación, lo más normal del mundo. Lo que no me cuadra es quien los mató, cómo los pilló a los dos en la cama y logró acabar con ambos. Tenemos varias opciones, o que estaba con ellos, o que estaba dentro o que paso después, con lo cual se acota, a alguien del hotel que tuviese una tarjeta maestra. Hay que tomar declaración a la esposa de la víctima, pero dudo que fuera ella, ya que, con dos críos, pocas ganas de dejarlo en esa postura y con otra mujer en una mesa.

–Bueno entonces repasemos las declaraciones de los empleados del hotel a ver si hay incongruencias...– dijo Velázquez.

–Déjalo por el momento–indicó Sagarra mientras seguía mirando las distintas fotografías– vamos a esperar a ver lo que nos dice esta tarde la forense, a ver si sacamos más información de la escena. Mientras tanto intentemos buscar más información de las dos víctimas, a ver si tenían relación con alguna otra persona.

A las tres de la tarde el informe forense ya estaba en la mesa. Sagarra se fue directamente a las causas de la muerte.

–Conforme indica aquí, el varón murió por una puñalada en el costado, y la chica por una rotura de cuello debido a una contusión importante en la nuca además de los golpes que se llevó en la cara.

–¿Y nadie lo oyó? –indicó Velázquez.

– Pensemos fríamente, si tú estás en tu habitación, y están oyendo gritos de la habitación de al lado y después lo único que oyes son otra serie de gritos ¿tú que piensas? – le increpó Sagarra.

–¡Que, qué fieras los de la habitación!

–Pues no te extrañe que los gritos pasaran desapercibidos.

–Lo que no me queda tan claro es cómo es posible qué si te apuñalan en el costado, no intentes huir. – indicaba Velázquez– mientras empezaba a hojear en su copia.

–Conforme indica aquí el informe, –intervino Sagarra– existen varias marcas anómalas en los cuerpos. Existen puntos de quemadura a lo largo de todas las extremidades y cuello, además en el hombre, el corazón posee dos zonas de quemazón bastante mayores. Según el informe parece que estaban realizados por un arma eléctrica tipo teaser. Además, en cada una de las articulaciones a excepción de las muñecas aparecen zonas más quemadas, también realizadas por un arma eléctrica posiblemente la misma que en el resto del cuerpo. Las muñecas aparecen moratones por contusión, debidas al parecer por haber sido agarrados o esposados, pero el hombre en ambas manos y la mujer en la mano derecha.

–Tenemos pues dos víctimas que estaban en un juego sexual, y al final los interrumpió el asesino.

–O el mismo asesino formaba parte del juego, es muy raro que dos personas se aten con esposas, con lo cual en ese momento estaban haciendo un trío – interpuso Sagarra– Mira las fotografías, existe sangre en el colchón, por lo que ha podido comprobar científica el asesino le dio la vuelta al colchón para que no se viera la sangre con lo cual el varón se encontraba en el lado izquierdo de la cama.

Sagarra empezó a buscar unas fotos rápidamente por encima de la mesa. Sacó deprisa una en la que se veían unos arañazos en el listón del somier de la cama.

–Mira, esta foto es del lado izquierdo de la cama y por lo que creo el hombre tendría que estar tumbado boca–arriba porque es en ese lado donde está la sangre, y la mujer tenía que estar encima suyo, y atado ese brazo con esposas al somier. De tal manera que era una manera de ambos estuvieran, no del todo privados de movimiento, pero si impedidos para poder huir.

–Pero eso no explica el ensañamiento del asesino con las víctimas. Recuerda que la cara de ambos estaba destrozada, como si hubiera habido forcejeo– comentó Velázquez.

–Eso es cierto. A ver que pone el informe– indicó el Faquir– Por lo que pone aquí, las heridas que sufrió la chica en la cara, si indican que estaba viva, en cambio las del hombre fueron post–mortem. Entiendo con esto que…– Sagarra cogió otra foto con luz ultravioleta que se encontraba del escenario del crimen– todas estas salpicaduras que aparecen aquí en la pared, y en la mesilla.

Según lo veo yo, el asesino empezó a pegar a la chica cuando se encontraba de pie en la cama y que uno de los golpes hizo que al final se diese en la nuca contra la mesilla. Lo que no tengo tan claro es lo del hombre, aunque creo que por las quemaduras posiblemente se aturdió con un teaser y mientras estaba aturdido pudo hacerle todo a la chica, luego para que no se moviera le apuñaló. Sigo sin ver el ensañamiento en lo relacionado con la cara, pero espero encontrarme con el asesino para que me explique lo ocurrido, claro está si este quiere.

Velázquez y Sagarra siguieron estudiando el informe forense, los resultados solo daban como conclusiones válidas las causas de la muerte, pero no aparecían muchas pistas más. Entre lo más relevante, se podía encontrar determinadas fibras de celulosa de procedencia desconocida. Conforme el informe, la colocación de los cadáveres tuvo que realizarse anteriormente al rigor mortis, aunque no queda establecido como fue posible esa colocación de los cuerpos con tanta precisión sin necesidad de sujeciones, que se vieran a no ser que se colocaran antes que el cuerpo empezara a tomar rigidez. Como observación a ello, la forense indica que la colocación de cada miembro debía seguir un patrón.

–Esto confirma la sospecha que tenía, no es la primera vez que el asesino ha realizado esto – indicó Sagarra al leer dicha nota– El asesino tenía planificados bastante bien estos crímenes. Vamos a tener que revisar todos los muertos que haya en Madrid sin resolución incluidos los suicidas, a ver si encontramos alguna otra con señales parecidas a éstos.

–Vamos, ¡no me jodas! – dijo Velázquez– ¡vaya coñazo!, ¿tú sabes la cantidad de muertos que ha habido, ya no por violencia sino suicidas? Nos va a llevar una semana mínimo.

—No te quejes, no tenemos más pistas, por algún sitio tendremos que empezar, ¿o prefieres que se resuelva el caso solo?

—Se lo damos a algún pollo y que lo haga– indicó Velázquez con desprecio.

—No hay más que hablar, como no empecemos a hacer esto rápido, puede ser que en menos de una semana nos encontremos con más cadáveres– afirmó Sagarra– Por otro lado, manda un aviso a todas las comisarías de España por si a algunos de sus casos se parecen a este. Por lo que me huelo vamos contrarreloj, y no me gustaría que los focos de todo el mundo se centraran en nosotros, no soy persona que le guste dar muchas explicaciones.

CAPÍTULO VI
10 DE NOVIEMBRE DE 2015 (I)

10 DE NOVIEMBRE DE 2015

Ciborg_321

stas x ahí? 20:17

Claro... dime 20:17

Ciborg_321

T acuerdas k me gustaban las fotos?

20:18

Sip 20:18

Ciborg_321
69 KB
20:19
te voy a pedir 1 cosa, mirala
tranquilamente y escucha esta canción
20:20
Ciborg_321
4:30
20:20
mañana hablamos
20:21
voy al gym
20:21
quiero tu opinión
20:21
Uhmmm, no t puedo decir nada esta
noche
20:22
k soso!!!
20:23
Ciborg_321
Vivelo, saborealo y disfrutalo
20:24
t adelanto k lo hice pensando en ti
20:24

La Cita

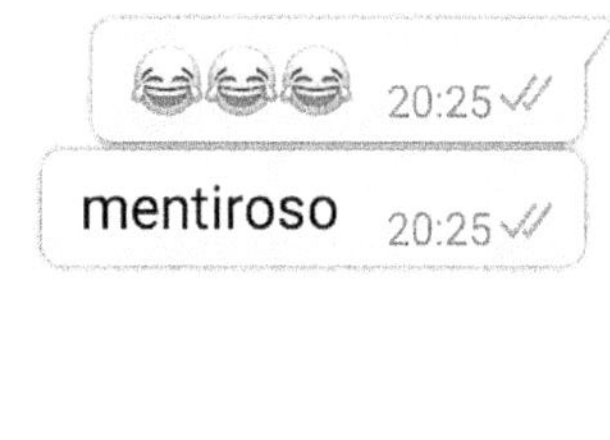

mentiroso 20:25

Ciborg_321

Ya lo veras... 20:25

20:25

20:26

La Cita

CAPÍTULO VII
10 DE NOVIEMBRE DE 2015 (II)

"Buenas noches diario. Hoy ha sido un día raro, ¿te acuerdas que te comenté que Ciborg tiene como hobby tomar fotografías? Pues me ha mandado uno en la que supuestamente yo soy la protagonista. Y te preguntarás, ¿cómo vas a ser la protagonista si no te conoce? Pues muy sencillo he sido un muñeco esta noche. Ha recreado una cena romántica alrededor de una mesa. Si te digo la verdad es un poco cutre, jajajajaja, imagínate dos pseudo–maniquíes, una mesa de cartón y unos platos mal puestos.

Da tanta pena que hasta resulta encantador. ¿Quién se preocupa hoy en día en buscar el romanticismo en una relación? Y dentro de lo que cabe, él lo está intentando por todos los medios. Al principio veía el juego de las partes del cuerpo una tontería, pero me he dado cuenta que aumenta la complicidad entre nosotros. ¿Qué parejas se preocupan de conocerse el cuerpo completamente, más allá de un contacto sexual? Y ¿por qué no? ¿Por qué no mostrarnos como un libro abierto antes de que haya una primera cita?

El problema lo tengo yo ahora, como le digo que me ha parecido la foto un poco cutre, pero que quiero seguir con este juego. Creo que tengo la solución, le haré yo otra foto, y veré cuál es su respuesta…"

La Cita

CAPÍTULO VIII
20 DE MARZO DE 2017 (I)

Parecía que el día se iba a levantar igual aquella mañana en las Ramblas. La rutina de una runner no solo comprende unas mallas ajustadas y unas zapatillas, y salir a primera hora de la mañana o última de la tarde. Todo es más complejo, más disciplinado. Comienza con una serie de respiraciones mientras se acompaña con una serie de estiramientos, y cuando ya te encuentras en ese punto de decir si sigues o no, es cuando empiezas a respirar tranquilamente y decides dar el primer paso, luego el segundo y así sucesivamente, hasta que parece que vas a volar.

Así es como se sentía Kreine esta mañana, a punto de volar. Se colocó los cascos de su móvil y empezó a escuchar su playlist de Spotify. Le encantaba empezar con Yellow de Coldplay, y no era algo de extrañar, fue una de las primeras canciones que escuchó cuando viajó a Londres, y le hacía imaginarse de nuevo allí, paseando por Coven Garden, por el barrio del Candem, y por supuesto perderse por White Chapel buscando cada uno de los asesinatos de Jack el Destripador.

Kreine era una mujer esbelta con una altura cercana al metro ochenta. Tenía una mirada felina acompañada de un verde intenso que contrastaba con el negro azabache de su pelo. Aunque tenía 48 años aparentaba bastante menos, lo que hacía que, aunque su trabajo le obligara a viajar bastante, no tuviera problemas de que en cualquier ciudad donde fuera los hombres le profesaran amor eterno.

Hoy era especial, llevaba tiempo sin tener un día para ella. Necesitaba un parón en su vida para descansar y se había propuesto que hasta Septiembre no volvería de nuevo al tajo, por lo que este era su primer día de unas vacaciones merecidas. Se iba a dedicar a ella, a pasear por su Barcelona siempre querida, perderse por las Ramblas y su encanto bohemio. Adentrarse dentro del barrio Gótico para tomar ideas sobre un proyecto literario que tenía en la cabeza desde hace ya algunos años, y por supuesto relajarse mirando Barcelona desde los miradores de Monjuic o el Parque Guell. Pero lo que tocaba ahora era correr, bajarse al puerto de Barcelona y correr, correr y volar mientras que su cabeza se libera al fin de todo ese peso que llevaba acumulado de tres años sin descanso.

–¡Joder! – gritó Kreine cuando oyó el teléfono, estaba justo en el momento que más le gustaba de la canción– ¿Marc? ¿qué querrá ahora este?

Kreine paró el paso de su carrera en seco, sabía que cuando Marc le llamaba no era para algo baladí. Llevaba sin hablar con él al menos seis meses, y la última vez que lo hicieron, no quedaron muy bien que digamos. Ella pensó dos veces en no cogérselo, pero la verdad es que tenía curiosidad.

–Dichosos los oídos comisario, ¿qué tripa se le ha roto al mejor profesional de Barcelona? Creía que a estas horas de la mañana estarías de perrito faldero de algún político, y más con la que está cayendo.

–Buenos días Gallur, yo también me alegro de escucharte– le dijo Marc al otro lado del teléfono– ¿dónde estás perdida ahora?

–Pues no te lo vas a creer, por fin en casa. ¿Pero no me estarás llamando después de todo este tiempo para preocuparte de donde me encuentro?, ¿o me equivoco?

–Mujer, sabes que los amigos estamos para preocuparnos por los compañeros, y hoy he dicho, ¿por qué no llamar a Kreine y nos tomamos un café?

–No me vengas con chorradas, no tengo tiempo que perder contigo, así que voy a colgarte– dijo ella airada.

–Espera– dijo Marc deprisa, conocía bastante bien a Kreine y por supuesto su amenaza de cortarle por teléfono era muy probable que la realizara si no le daba lo que ella quería–. Además de preocuparme por ti, te llamo por algo importante. Necesito que nos veamos porque tengo que comentarte un caso que posiblemente te interesa.

–No acepto casos Marc. Estoy de vacaciones hasta Septiembre, tengo que desconectar de esta mierda.

–Kreine, creo que esto lo tienes que ver, está relacionado con el caso Polaroid.

Un sudor frío empezó a recorrerle a Kreine por todo el cuerpo, quedándose paralizada, durante unos segundos, tanto que no escuchaba como Marc le estaba llamando al otro lado del teléfono sin recibir ninguna respuesta. Cuando pudo salir de ese trance, un pequeño hilo de voz salía de su cuerpo.

– ¿Dónde estás Marc? – le preguntó la mujer con voz dubitativa.

– Aquí en la Verneda, ¿te viene bien tomar algo en Picnic en media hora?

– En quince minutos estoy allí– Cortó rápidamente y sin pensárselo dos veces se fue corriendo hasta su piso en el 20 de La Rambla. Había cruzado pocas palabras con Marc, pero esas palabras habían abierto heridas aún sangrantes que no habían logrado taparlas completamente.

CAPÍTULO IX
20 DE MARZO DE 2017 (II)

Kreine había comentado que llegaría en un cuarto de hora a esa esquina de la Rambla Guipúzcoa, aunque le sobraron un par de minutos y eso que la distancia en recorrerla daba para tardar mucho más tiempo. Gallur se conocía las calles de Barcelona mejor que cualquier GPS. Le encantaba su ciudad, y más cuando se desplazaba en su Phantom negra, que era como una extensión de su cuerpo. Le daba igual los controles de velocidad e incluso algunas veces los semáforos, sólo le importaba llegar y si era posible, llegar rápido. Picnic se encontraba en aquella esquina, era una pequeña cafetería que servía muchas veces de aliviadero para agentes de policía que se encontraban encerrados largas horas en la comisaría de la Verneda.

Era un local pequeño con decoración ambientada en cafés parisinos, donde su mobiliario oscuro contrastaba con unas paredes claras, impregnándolo con una sensación de amplitud. Marc la esperaba en la mesa más cercana a la puerta. Nunca le había gustado que ni compañeros ni los camareros se enterara de lo que hablaba, por eso intentaba colocarse en la esquina más alejada. La apariencia de Marc correspondía con el puesto que estaba ejerciendo actualmente. Era un hombre bastante fornido de una altura cercana al metro noventa. Tenía una poblada barba que contrastaba de su completa calvicie, y unas manos que parecían poder tumbar a cualquiera con solo dejar el peso de ellas encima.

Cuando Kreine entró por la puerta, Marc se levantó rápidamente para saludarla.

– Buenos días Kreine, sigues yendo muy deprisa en moto, algún día te van a quitar el carnet.

– Tener amistades en todos los cuerpos, te ayuda a que te devuelvan favores de vez en cuando. Además no me gusta hacer esperar a la gente.– respondió ella– ¡Vayamos al grano! Cuando me has dicho lo de la Polaroid bromeabas ¿no?

– Siéntate y hablemos del tema. ¿Qué quieres tomar? Te aconsejo los croissants, están recién sacados de la panadería de al lado.

– Se me ha cerrado el estómago, pero no te voy a dejar solo bebiendo, pídeme un cortado descafeinado.

Marc se acercó a la barra para hacer el pedido mientras Kreine se quedó con la mirada perdida en el vacío. Después de tantos años, viejos fantasmas volvían a renacer de las cenizas, y aunque no podía creerse lo que le había dicho Marc, estaba expectante de lo que tenía que decirle. El comisario se acercó con los dos cafés y el croissant, en su mano. Para algo tenía que servir el tamaño que poseían.

– Bueno, voy a ponerte en precedentes, porque sé que no te gusta esperar cuando algo te interesa – se apresuró a decir Marc al mismo sentarse en la mesa. – Sabrás que actualmente los sistemas informáticos policiales se encuentran conectados, y en el momento que se generan avisos salta hasta en el pueblo más pequeño del país. – Marc paró un momento para darle un sorbo al café– Ayer llegó un aviso desde Madrid sobre dos asesinatos. Todos esos avisos pasan primero por mí, y aunque normalmente no suelo hacerles caso ya que estos delitos se centran en la zona donde se han realizado y no hay que hacer ninguna otra acción, este me llamó la atención. Me encontré que había sido un asesinato múltiple, hasta ahí todo normal entre comillas, pero cuando empecé a leerme el informe vi algo que me recordó a un caso que ambos conocemos bastante bien. Los cuerpos se encontraban en una posición fija, y con grandes posibilidades a que le pusieran máscaras.

– ¿Seguro que máscaras? – cortó rápidamente Kreine a Marc con voz de preocupación.

– No han sido encontradas, pero existe una posibilidad muy alta porque han encontrado fibras de papel sobre la cara de ellos.

–Tienes alguna foto, o algo que pueda ver.

–Sabes Gallur que no puedo enseñarte documentos oficiales, pero esta vez puedo hacer una excepción, siempre y cuando puedas ayudarnos en el caso. – dijo Marc con exigencia.

–Es imposible que este caso tenga que ver con el de Polaroid. Eso fue hace muchos años, y yo misma vi como ese cabrón moría. – dijo Kreine con rabia.

–Estoy en posición de decirte que es muy posible que algo de relación tengan, y lo digo observando el informe que han mandado desde Madrid– Marc empezó a buscar la carpeta con parte del expediente que había recibido, miró a Kreine directamente a los ojos sin soltarlo–. Lo tengo aquí mismo, pero no puedo mostrártelo sin un compromiso por parte tuya de que nos vas a ayudar. Sabes que no te lo pediría si no fuese algo importante, y más después de la última que me hiciste.

Kreine le miró de forma furiosa, pero Marc no dejó que saltara y le cortara.

– Pero sé que si esto al final es lo que supongo que es, puede ser que nos encontremos ante un depredador que no terminará hasta que lo cacemos, lo ahuyentemos o encontremos a su piedra angular. Y sabes tan bien como yo que tú eres esa piedra.

La chica no apartaba los ojos de la carpeta, se notaba que dentro de ella estaba habiendo una pelea interna, no porque estuviera buscando ese descanso esperado, sino porque por un lado creía que una puerta que se había cerrado parecía haberse abierto peligrosamente de golpe, y por otro lado los años le habían enseñado que la vida siempre te aboca a un determinado destino, y sabía que estar en ese caso era parte de su destino. Apartó la vista de la carpeta y miró fijamente a Marc a los ojos.

– Dime el contacto de Madrid, y avísales que mañana voy para allá, tenemos que acabar con esa calaña antes de que vuelva a matar. Solo te pido que no hables con nadie de los de allí sobre el caso Polaroid, déjame ver por mí misma si estamos hablando de la misma persona o solo se trata de un imitador.

CAPÍTULO X
21 DE MARZO DE 2017

Es complicado hacerte la maleta para un viaje, cuando no sabes cuánto tiempo se va a dilatar tu estancia allí, pero Kreine era un caso aparte y más cuando ella siempre se desplazaba en motocicleta. Dos vaqueros ceñidos, una chupa de cuero rojo, y tres camisetas de colores distintos, era su fondo de armario para estos viajes. A eso se le unía lo que llevaba puesto para el camino, y por supuesto su inseparable agenda de cuero negro donde iba anotando meticulosamente todos los apuntes necesarios para cualquier caso que se le presentara. Eso no significa que fuera una dejada con su look, de hecho, lo primero que hacía siempre que llegaba a un determinado sitio en el cual se iba a quedar más tiempo que una semana, era pasear las distintas tiendas para hacer algo de acopio de ropa, que luego "olvidaba" donde se encontraba hospedada o incluso la tiraba. Su filosofía es estar libre de ataduras, y si había dejado parado ese descanso que tanto buscaba era precisamente para desatarse de una de esas ataduras que creía que ya se había soltado.

Llegó temprano al complejo policial de Canillas, había parado a mitad de camino por Zaragoza para poder echar una cabezada en casa de un amigo que llevaba tiempo sin ver, y se levantó en la madrugada para poder llegar a Madrid antes de que fuera hora punta, aunque lo cierto es que de la manera de llevaba la Phantom ningún atasco debía preocuparle.

El contacto que tenía en la comisaría de Canillas, donde se centra todo el aspecto de criminalística de Madrid, era el Sr. Velázquez Gargajosa, Comisario General de ella. Al pasar Kreine por la puerta del despacho del mismo y tras esperar cerca de media hora fuera en el pasillo, se pudo mostrar la altanería que dicho mando tenía. Aunque era muy amigo de Marc, y Gargajosa había tenido noticias de los servicios que Kreine había podido realizar, la manera de actuar del Comisario no dejaba lugar a dudas que siempre se movía por no fiarse de sus oídos y sí de sus ojos. Esa fue la razón por la que el encuentro entre ellos dos fue frío desde el principio.

–Buenos días, encantado de conocerla señora Gallur, Marc me ha hablado mucho de usted. – Hizo una pausa para beber un sorbo al café de máquina que tenía encima de su mesa, Kreine iba a responderle, pero Gargajosa se adelantó– Cuando me dijo ayer que te mandaba para acá, la verdad es que no entendí que un civil pudiera echarnos una mano en este caso, y más cuando solo llevamos un incidente, extraño eso sí, pero solo un incidente.

–Buenos días Sr Comisario, le agradezco…– no había Kreine empezado a hablar cuando de nuevo fue cortada, por el Comisario.

–Además, quisiera indicarle que esto no es una película, o una serie de detectives, donde personas que, aunque estén formadas en ser detectives, puedan mezclarse con profesionales como los que representamos esta institución. Así que entiendo que podrá comprender que agradecería que no se inmiscuyera en este caso y se volviera por donde ha venido.

Una pequeña sonrisa apareció en la cara de Kreine, de hecho, se podía notar que no empezó a reírse en la cara del Comisario más que nada por demostrar algo más de educación, que él mismo no estaba teniendo hacia ella. Así que muy sosegadamente y con una voz más seria y educada que antes empezó a contestarle.

–Estimado Sr. Velázquez lo cierto es que veo que se está alegrando gratamente de verme, teniendo en cuenta el tiempo que llevo esperando fuera y cómo me está tratando en este despacho. Antes de que nuestra conversación pueda llevar a malos entendidos, atendiendo a su espléndida educación, además de que el tiempo apremia y no voy a recitarle todo mi currículo, o si tengo o no méritos para estar en este caso, voy a explicarle un poco mis intenciones. Si he venido aquí es porque primero le aseguro que el caso que tiene encima de la mesa no es ni de lejos el único que dicho delincuente haya cometido en estos meses o inclusos años, lo segundo no soy civil, me gradué en la academia en el año 90, tercero no me gusta que me llamen señora, más que nada porque ni estoy casada, ni divorciada, ni quiero que me hagan vieja de golpe, y por último no solo tengo el beneplácito de Marc – Kreine se sacó una hoja de dentro de su cazadora roja y la puso encima de la mesa de Gargajosa. En ella se podía ver claramente el logotipo del CNI. El Comisario se quedó mirando detenidamente la carta, y pudo apreciar que tenía un salvoconducto en cualquier investigación que fuera de interés nacional. Kreine la retiró lentamente de la mesa con los ojos clavados en Gargajosa, y se la volvió a meter en el bolsillo– Así que teniendo en cuenta la gravedad de este asunto le pido por un lado que me lleve hacia las personas que actualmente llevan el caso, y por otro lado que bajo ningún concepto revele mi condición. Ante ellos seré lo que le han dicho que soy, un detective privado de apoyo.

La cara del comisario era un poema, se notaba que no estaba acostumbrado que en aquella comisaría le hiciesen la contra, e incluso era él el que estaba acostumbrado a ser soberbio con sus superiores. Por dicha razón era la primera vez en muchos años que se había quedado sin palabras, y podría decirse que sin mando. Así pues, se limitó a levantarse de su silla, y con un tímido "sígame" salió por la puerta para indicarle el camino de los agentes que llevaban el caso.

Tanto Sagarra como Velázquez aunque se habían enterado esa misma mañana que una persona podría ayudarle en el caso que estaban llevando, habían recibido por parte del Comisario el mensaje que no tenían que preocuparse porque posiblemente la despacharía mucho antes de que la conocieran, fue por ello que se quedaron sorprendidos cuando vieron bajar al señor Gargajosa con una mujer, ya que sabían que su jefe era una persona que siempre había destacado por cumplir de una manera u otra aquello que decía. Pero por una extraña razón ahí estaba aquella detective.

El encuentro lejos de ser cordial resaltó por la frialdad. Así fue como Kreine tras las correspondientes presentaciones de rigor, pidió que el Comisario les dejara solos para ponerse a ver todos los documentos e investigaciones que llevaban hasta ese momento.

CAPÍTULO XI
22 DE MARZO DE 2017

Tras revisar cada una de las fotografías que contenía el expediente, y que no estaban contenidas en el informe previo que le había pasado Marc, Kreine empezó a apuntar en su agenda de cuero cada uno de los puntos que vio más relevantes, entre ellos las relacionadas con la escena de crimen principal.

–Supongo que no tendréis por ahora ningún sospechoso– indicó Kreine a los dos agentes– Al igual que posiblemente no habréis dado con el móvil del crimen ¿verdad?

–Es cierto que por ahora no hemos encontrado ningún indicio que nos lleve a algún sospechoso, aunque suponemos que el móvil tiene que ser sexual. Debe de ser un individuo que tenga una especie de ritual posiblemente por una insatisfacción propia. – dijo el Sagarra de manera inmediata al acabar la pregunta la detective.

–Teoría interesante, con lo cual supongo que ya tendréis un perfil criminal del o la asesina.

–Del asesino– interrumpió Velázquez– Por la manera que ha destrozado la cara de las víctimas suponemos que tiene que ser un varón de mediana edad. Además, tiene que ser fornido porque no se aprecia en ningún momento rastro o huellas de sangre desde que se produjeron los asesinatos, hasta su traslado a las sillas.

–Nunca subestimes a una mujer, chico, aunque estoy

con vosotros. Atendiendo un poco al modus operandi, y con otros asesinatos similares que he podido investigar, tiene toda la pinta de que estemos buscando a un varón – indicó Kreine con firmeza– Veo que habéis tomado declaración a todos los testigos potenciales que aquella noche estuvieron allí, al igual que al personal, y conforme veo aseguran que no han visto ni oído nada ni a nadie. ¿Los que estaban alojados en la habitación anexa, indicaron alguna cosa que les extrañara?, ¿algún ruido?, ¿algo?

–Además de los gritos propios que parecían de orgía, no relataron nada extraño – contestó Velázquez.

–¿Ni siquiera música? – volvió a preguntar Gallur.

–Bueno música exactamente no – dijo el Faquir– creemos ser que tenían un programa de televisión puesto que no paran de poner videos musicales a la vez que escenas porno. Parece ser que el que se alojaba al lado, que se acostó tarde, reconoció el programa que tenía porque lo estaba viendo él también.

–Me gustaría luego volver a hablar con él, si es posible claro. – indicó Kreine intentando buscar algún dato más en las declaraciones– En lo relacionado con el informe forense que no me ha dado tiempo a revisarlo completamente, muestra que las víctimas tenían pequeñas quemaduras a lo largo del todo el cuerpo. ¿Han dictaminado ya las causas de esas quemaduras?

–Según ha comentado Cristina, bueno la forense, están efectuadas con un arma eléctrica, ya que se nota como una serie de agujeros internos acartonados, que serían las vías de entrada, acompañados de unas heridas explosivas a la salida por dónde salió la corriente eléctrica. – indicó Velázquez.

–Ya veo, ¿sabéis por qué razón, literalmente, los está friendo? – preguntó Kreine.

–Pensamos que posiblemente sea una manera de vengarse de las personas una vez muertos, le tiene que gustar verlos convulsionar– contestó de nuevo Velázquez.

–Os voy a decir que pienso yo de dichas marcas– Kreine cogió su Smartphone y empezó a buscar la información a ambos agentes, en el aparecía los datos de unos estudios sobre carne en los mataderos– ¿Habéis pensado vosotros alguna vez en la carne que os coméis? Si nosotros tuviéramos que ingerir carne de cualquier animal recién matado sería imposible que lo masticaseis, el cuerpo genera un ácido que hace que el musculo se tense y empiece a aparecer el rigor mortis. Así que realmente solo se puede comer cuando ese rigor mortis desaparece que puede ser del orden de casi 48 horas algunas veces, es decir que nos comemos carne que está empezando a descomponerse. Cuando vi esas heridas en el expediente previo que me facilitaron, así como la incongruencia de las horas del rigor mortis, me acordé de un proceso que se realizaba en los mataderos – la mujer empezó a deslizar la pantalla táctil, mientras se veían fotos con heridas de los animales muy parecidas a las que tenía las víctimas, pero más separadas entre sí– a las carnes una vez matadas se le aplica descargas eléctricas para así acelerar el proceso del rigor mortis y poder refrigerarlo cuanto antes evitando así la aparición de bacterias, ya que si se produce una congelación prematura, las carnes se echan a perder. Es por lo que supongo que estas heridas, las utilizó el asesino para colocarlos en dicha posición y que no se moviese, es por eso por lo que no cuadraban los datos de la hora de la muerte con la entrada en la habitación. Además, otro proceso de aceleración es la aplicación de altas temperaturas, así es por lo que supongo que estas quemaduras que hay en las articulaciones se debe a la aplicación con alguna pistola térmica de calor para que se quedaran rígidas y no diese problemas de movimiento. Por lo que veo el asesino quería que se quedaran de una determinada manera con lo que más que un móvil sexual, pongamos que es el deseo de una representación teatral.

Sagarra miró a Kreine con sorpresa, en ese momento se estaban dando cuenta que la persona que tenían delante no era una típica detective al uso que se encargaba de casos de fraude médico o infidelidades de pareja. Estaban ante un cerebro que había logrado ver en poco tiempo cosas que por ahora ellos no habían visto.

–Bueno – empezó a hablar de nuevo Velázquez– podríamos decir que es una representación, pero ¿para qué?, ¿qué sentido tiene tener a dos personas colocadas en una mesa como si estuvieran cenando?

–Según mi opinión – indicó Kreine–, la idea fundamental de este asesino es hacer una representación, es como si quisiera rememorar algún acontecimiento, o deleitarse con algo que ha pasado o quiere que pase. Las víctimas aquí son meros maniquíes, por lo que he podido comprobar se han encontrado fibras, así que estoy convencida que posiblemente se les haya puesto máscaras, y que esos restos desconocidos de celulosa sean partes de las mismas. Así que tengo la certeza que estos no son los únicos muertos que este monstruo haya dejado por el camino, de hecho, puede ser que muchos de ellos sean por parejas.

–Hemos estado revisando otras muertes durante estos días y no hemos encontrado nada similar– indicó Sagarra– no han aparecido nada en viviendas, habitaciones etc., que pueda parecerse a estos asesinatos.

–¿Y si no los hiciera en habitaciones? –interpuso Gallur– y si los hizo, no puede ser o que no los halláis encontrado o se deshizo de los cuerpos y sean muertos encontrados en la calle, enterrados, o vete tú a saber dónde. Necesito que se hable con el departamento forense y se intente recordar la existencia de muertos o cadáveres que hayan llegado con signos de quemaduras como éstos. En este caso podemos estar ante una persona a la que este último crimen le haya salido mal y lo haya dejado todo tal y como está, o por el contrario esté dejando algún mensaje.

La Cita

CAPÍTULO XII
01 DE DICIEMBRE DE 2015 (I)

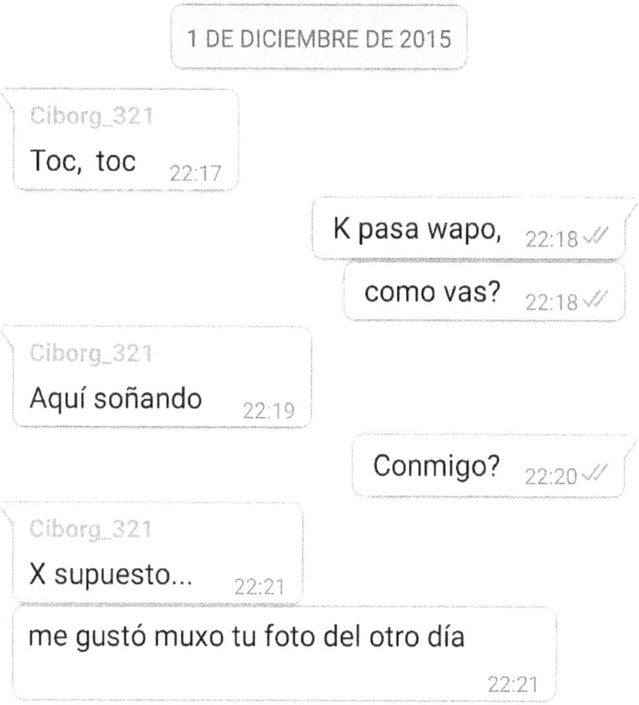

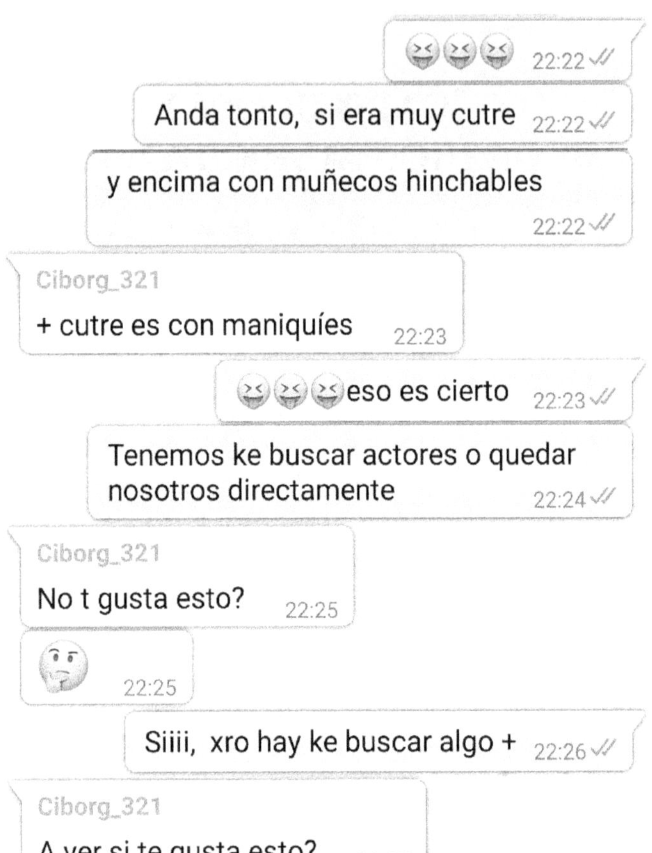
22:22
Anda tonto, si era muy cutre   22:22
y encima con muñecos hinchables
22:22
Ciborg_321
+ cutre es con maniquíes   22:23
eso es cierto   22:23
Tenemos ke buscar actores o quedar nosotros directamente   22:24
Ciborg_321
No t gusta esto?   22:25
22:25
Siiii, xro hay ke buscar algo +   22:26
Ciborg_321
A ver si te gusta esto?   22:27

La Cita

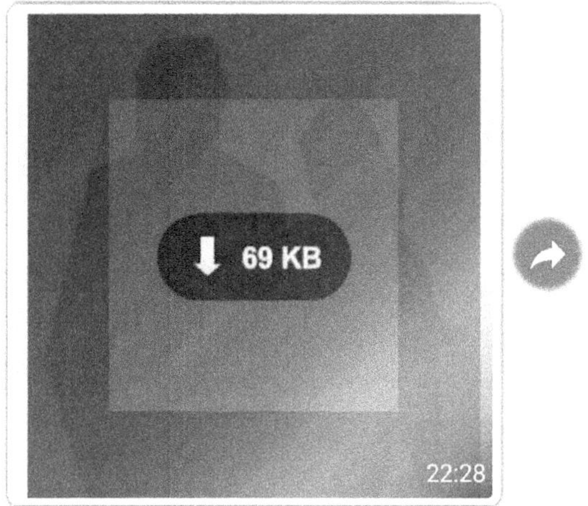

1 momento...   22:29

k fuerte...   22:30

La Cita

CAPÍTULO XIII
01 DE DICIEMBRE DE 2015 (II)

"Buenas noches diario. Ciborg me tiene loca. Como sabes llevábamos ya algún intercambio de fotografías intentando mantener una cita, él con maniquíes, yo con muñecos hinchables que compré en el sex shop, y la verdad es que era complicado, el juego es fabuloso, y hay que reconocerlo, yo quería que fuese menos cutre, pero lo hago muchísimo peor que él. Cada vez lo estaba conociendo más por las fotos que me estaba mandando. Sé que es moreno, tiene unas orejas bastante normalitas, sus manos son largas como las de un pianista. Y se nota que los brazos son fornidos. Por lo demás su cara sigue siendo una incógnita.

Esta noche me ha dado una sorpresa, parece ser que ha podido convencer a unos amigos suyos, y ellos mismos han hecho la representación de la cita, con máscaras puestas. Ha sido fabuloso, pero ahora quien tiene el problema soy yo, ¿cómo voy a poder llegar a su altura? Me ha comentado que no me preocupe, que lo intente hacer como siempre lo he hecho, que a él no le importa, pero yo quiero más, así que le he pedido a ver si me puede dar algún contacto de actores que conozca y que puedan ayudarme. No le ha gustado mucho la idea, a lo mejor es que se ha puesto celoso, jijijiji, pero le he prometido amor eterno. Ya tengo los contactos, pero como posiblemente tenga que realizar varias poses y estoy un poco tiesa de dinero, creo que solo voy a contratar al chico, y yo seré la actriz, bien tapada y maquillada no se va a enterar, o eso creo, le diré a mi hermana pequeña que me ayude a hacer las fotos y seguro que no se entera de nada...   ."

La Cita

CAPÍTULO XIV
24 DE MARZO DE 2017 (I)

Habían pasado ya dos días desde que Kreine estaba en la Madrid, y por ahora los avances habían sido escasos. Como las mañanas de atrás, se dirigía hacia comisaría, en su Phantom, aunque el tráfico en hora punta era horrible en aquella ciudad, no le importaba saltarse señales de tráfico para llegar a su destino sin tener que poner ningún pie en el suelo. Se notaba que había estado alguna que otra vez en Madrid, pero aquella ciudad siempre estaba viva, siempre cambiaba, aunque no la velocidad y las malas formas de sus conductores, con lo cual a ella le costaba poco mimetizarse con el entorno, y por supuesto con su rápida vida. Aquella mañana, de camino, estaba repasando cada uno de los puntos del caso y aunque este tenía similitudes con el caso Polaroid, también había grandes diferencias. Kreine estaba buscando varios nexos, como era la música, el escenario, etc, y por ahora es cierto que se parecían en el modus operandi, como podía ser la manera de matarlos, e introducirles electricidad para acelerar el rigor mortis, pero no encontraba aún rastro de las máscaras ni cómo eran, y tampoco quedaba clara si existía música o no. No le había comentado nada de ello a los dos agentes para que no se plantearan el caso de forma distinta, además de que fueran influidos por un caso que no se sabía aún seguro si tenía o no que ver.

En lo relacionado con las máscaras es cierto que se habían encontrado fibras, pero no quedaba claro si pertenecían a estas o por el contrario eran debidas a un intento de limpiarles la cara a los asesinados con un material celulósico. A nivel de música habían hablado con la persona que se había alojado contiguo a él, pero no recordaba muy bien si había otro tipo de música al que en aquellos momentos estaban poniendo en ese programa erótico. Daba a entender que sus preocupaciones se encontraban en ese momento en *otras partes* en lugar de si se oía una u otra música la habitación de al lado.

Solo se había avanzado algo en la inclusión de nuevas víctimas, por lo pronto se habían encontrado hace un mes dos personas con quemaduras similares en la Casa de campo, en un principio se consideró que eran dos indigentes que habían muerto a causa de una paliza de un grupo de extrema derecha, además, se encontraban en un estado de descomposición algo avanzado, y por dicha razón la línea de investigación había sido errónea. Así pues, aunque tenían muchas posibilidades de que hubiese sido cometido por el mismo asesino, no había muchas pruebas para corroborarlo, ya que las lluvias caídas habían borrado gran parte del rastro que el criminal podía haber dejado.

Kreine llegó al complejo policial bastante temprano. Como en días anteriores, siempre se encontraba con Sagarra que estaba allí antes que ella llegara, y empezaban a conversar acerca del caso. Fuera de lo estrictamente profesional no había ninguna otra relación, Kreine notaba que ambos agentes colaboraban, pero percibía que la veían como una intrusa, con lo que le costaba empatizar con ellos. Seguramente Sagarra por la manera de ser que tenía, intentaba realizar una mayor aproximación a nivel profesional que no conseguía con Velázquez, y era normal que con este último no hubiera esa sensación de proximidad, atendiendo a que era hijo del comisario Velázquez Gargajosa y es por ello que su padre lo pusiese en cautela ante ella. No obstante, es cierto que Gallur se la apañaba muy bien en ambientes hostiles. Su extendida carrera tanto nacional como internacional, había hecho que se encontrara en peores situaciones, podría acordarse de los días en Tetuán, buscando al asesino de Hermanos, en los que la policía marroquí ni siquiera le dejaba entrar en sus instalaciones solo por el hecho de ser mujer aún con un salvoconducto del mismo rey de Marruecos. Muy parecido fue la vez que intentó adentrarse en el cuerpo danés, buscando al asesino de los canales, cuando por motivos ya más extraoficiales, el jefe de policía de Copenhague, le indicó que solo aceptaría su entrada en la investigación si pasaba una noche con él, ¡Viejo verde! Se repetía cada vez que se acordaba de ese caso.

Aun así, Kreine sabía muy bien que teclas tenía que tocar para poder ganarse la confianza de aquellos que la rodeaban.

–Buenos días Sagarra, eres la primera persona que conozco que madruga más que yo.

Una pequeña mueca de orgullo apareció en la cara del Faquir. Le gustaba ser el primero en todo, y aquella frase le estaba indicando que era mejor que su oponente. Desde que había llegado Kreine, Sagarra se había sentido desplazado de su rol dentro de ese caso, es cierto que la detective escuchaba, y les dejaba exponer todos sus puntos, pero notaba como si ella fuese siempre dos pasos por delante de él, y eso la verdad no estaba dentro de su modo de vida que había estado llevando hasta el momento. Había convertido en su objetivo, ser el primero en todos los aspectos, de hecho, fue el primero de su promoción en la academia, así como el primero en dirigir esa sección de homicidios siendo tan joven. La ambición la cogía como bandera, y de esa bandera se sentía orgulloso, por eso para él, que una civil llegara a su "casa" y lo desplazara, aunque no oficialmente, hacía que se guardara siempre algo de información en la manga. No obstante, de poco le servía, en ese par de días que llevaba Kreine, cada una de esas cartas, cada uno de esos ases los había destapado sin ayuda de los dos agentes, por lo que estaba resultando difícil para él asimilar que aquella no era una civil más, sino que posiblemente tuviera algo oscuro. Así es como él aquella mañana se sentía un poco más vencedor, ante el guiño que le había hecho Gallur.

— Me gusta madrugar detective, y es gracias a una máxima que me enseñó mi padre, "si quieres en esta vida brillar, aprende del sol, antes de que acabe la noche ya se ha levantado" – dijo Sagarra de una manera grave, como imitando a una persona mayor.

–Sabias palabras –respondió Gallur–. Tiene que ser una gran persona, teniendo en cuenta que ha conseguido a un hijo como usted.

Una nueva sonrisa apareció en la cara de Sagarra. Desde que había llegado la detective, era la primera vez que se notaba entre ellos algo de complicidad, y la verdad es que en cierto modo le estaba gustando.

Sagarra se quedó con la palabra en la boca para responderle, cuando de repente apareció Velázquez en el despacho. Se notaba que venía con mala cara, posiblemente había pasado una noche algo más loca de lo habitual. Estaba empezando a salir con la forense Cristina, y se notaba que los primeros días de relación siempre son los más apasionados. Así es como de una manera seca, alzó solo la barbilla para saludar, y se fue directamente a la máquina de café para ver si podía hacerse vivo. Mientras mantenía el vaso empezó a hablar tanto con su compañero como con Gallur.

–¿Cuáles son los planes para hoy? ¿Seguimos buscando posibles víctimas de este tío, o repasamos las llamadas de las víctimas de nuevo?

–En mi opinión– intervino Gallur– deberíamos seguir con la búsqueda de otras víctimas, porque resulta raro que solo hayamos encontrado dos más.

–Bufff – resopló Velázquez– nos hemos repasado las carpetas una y otra vez y no hemos encontrado absolutamente nada. ¿No será que estamos siguiendo el camino erróneo?

–Tenemos que buscar más víctimas, porque por ahora no tenemos ninguna prueba que nos pueda llevar al asesino– intervino Kreine.

–Estás un poco desactualizada –dijo Velázquez– ¿no ha pensado en que sería preferible repasar de nuevo todas las llamadas en esa zona, o las señales de las antenas de móvil para ver quien estuvo por allí?

–Si claro es una idea magnífica– respondió Kreine con un tono sarcástico– estamos hablando de un Apart–Hotel que se encuentra al lado de la M50, al lado de un centro comercial que, para más inri, se encontraba con sesión nocturna de cine, y eso sin hablar que la zona donde se produjeron los asesinatos es un enjambre de apartamentos. ¿De cuanta gente estamos hablando? ¿cinco mil? ¿siete mil? Está muy bien tu argumento, pero ten un poquito más de cabeza.

La respuesta de Kreine empezó a encender al agente. Se podía decir que Velázquez no era una persona que tuviese la mecha muy larga para estallar, pero estaba viendo como aquella persona le estaba mandando sin ser su superior.

–No creo sinceramente que usted me tenga que dar órdenes, de hecho, aquí solo me da órdenes el Comisario que…

–Es su padre– cortó Gallur a Velázquez mientras estaba hablando–. No hace falta que me diga cuál es su posición aquí, agente. Solo le digo que en este caso estoy aquí para ayudar, pero además para encauzar de una manera inteligente la investigación. No obstante, si no quiere seguir en este caso, hable usted con su padre, digo, Comisario, y que le asigne otro, lo que está claro es que tengo la potestad para indicar como tenemos que llevar esto.

–Sabe que es una puta civil, y que aquí no estamos para juegos– respondió de nuevo Velázquez– así que, si quiere investigar algo, váyase a investigar cornudos o jetas que le va a dar más dinero y déjenos el verdadero trabajo a nosotros.

–Veo que la mala educación y el lenguaje soez es hereditario –dijo Kreine mirándolo con descrédito– te lo voy a repetir solo una vez, si quieres resolver este caso y pillar a ese cabrón, harás lo que yo diga, si no te gusta, dejas el caso, no hay más, o si no, tendrás……

No estaba acabando de terminar la frase Kreine cuando Sagarra intervino. Mientras la detective y el agente estaban discutiendo una llamada le había entrado al Faquir y por el gesto en su cara parecía urgente.

–Disculpad ambos. Han encontrado dos nuevos cuerpos y por la información que llega, posiblemente sean obra de nuestro asesino.

CAPÍTULO XV
23 DE MARZO DE 2017 (I)

23 DE MARZO DE 2017

Wapo stas ahí? 21:15

Ciborg_321

Xra ti siempre wapa 21:17

Cuentam cosillas... 21:17

Ahí va eso... 21:17

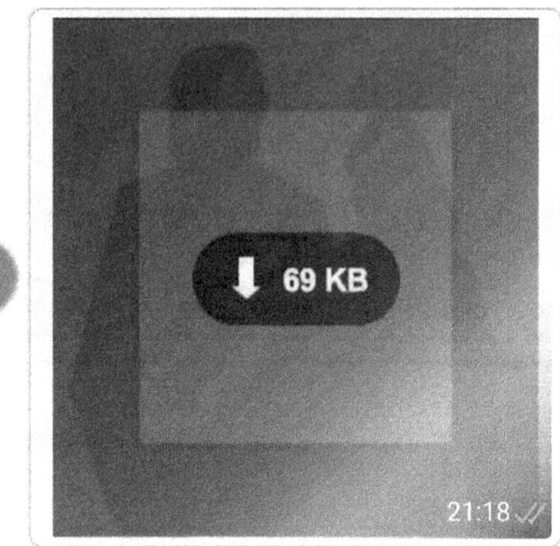

Ciborg_321
Hmmm, me encanta 21:19

K música esta vez? 21:19

k tal esta? 21:20

Ciborg_321
Deliciosa, es del grupo Fusion, no?
21:24

Ya la había oído 21:24

Xro hablemos, algún problema esta vez?
21:25

Limpio 21:25

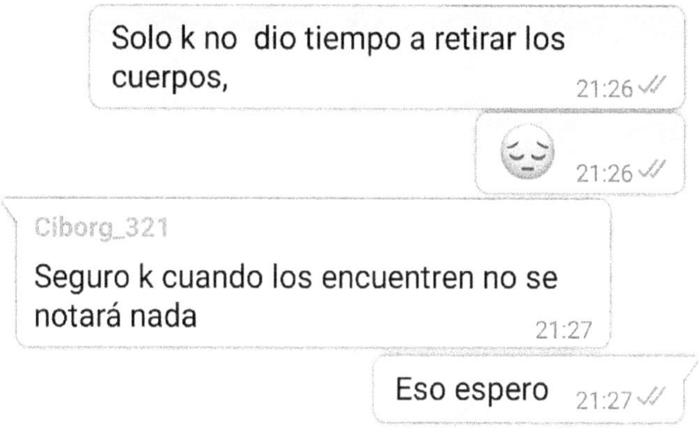

Solo k no dio tiempo a retirar los cuerpos,
21:26

21:26

Ciborg_321

Seguro k cuando los encuentren no se notará nada
21:27

Eso espero
21:27

La Cita

CAPÍTULO XVI
23 DE MARZO DE 2017 (II)

"Buenas noches diario, "la Cita" de hoy ha sido rápida y limpia. Si me preguntas hace unos años si me veía haciendo esto, pues te lo digo en serio, lo veía repugnante, pero ahora lo veo como algo vital. La adrenalina que te genera tener en tus manos la vida de otro y que puedas hacer con ellos lo que quieras te da un poder, una manera de ser superior ante ellos que me aleja de la puta vida que he llevado hasta ahora. Sé que lo que hago está mal, pero para mí es más que una droga, y este juego que llevamos Ciborg y yo ha pasado a ser mi obsesión diaria.

Estos últimos no me han ofrecido mucha resistencia. Es muy triste como las personas buscan el sexo sin preguntar si el de al lado es o no una buena persona. No me acuerdo ni de los nombres, solo sé que estaban los dos haciendo el moña en el Single, el pub que está en Argüelles. Estaban tan borrachos que el chico solo podía apoyarse en los espejos que tienen como pared, y la chica aguantaba el cubata con dos dedos y parecía que se le iba a caer. Tras un rato viéndolos me acerqué a ellos y entablé un poco de conversación, el chico no dejaba de mirarme el escote, y la chica de manosearme, con lo cual comprendí que iba a ser más fácil de lo que al principio pensaba.

A veces el azar te lleva a incautos a tus garras y no hay que desperdiciarlo. Acuérdate lo que a veces me cuesta encontrar a personas y de hecho sabes que he tenido que buscarlos por separado e incluso rogar para que se vinieran conmigo, no sé cómo es posible que Ciborg pueda tenerlo todo tan planificado y saber de antemano quien va a ser la víctima. Pero tengo que reconocer que esta vez fue fácil, me acerqué hablé y me gané su confianza. Salí fuera y los esperé en mi coche hasta que salieran del pub, cuando se alejaron un poco, me acerqué a ellos y les comenté si querían que les acercase a algún lado. La verdad es que no encontré reticencias, ella estaba con unos tacones que la estaban matando, y él luchaba para poder abrir los ojos. Cuando estuvieron sentados en el asiento les ofrecí un poco de mi petaca especial, ya sabes que quiero decirte con esto. Los llevé en mi coche a la casa de uno de ellos diciéndoles que nos lo íbamos a pasar de miedo, y al pasar por la puerta les inyecté cianuro cayendo los dos fulminados.

Me puede lo que hago y no puedo evitar juguetear con los cuerpos cuando están ya muertos. Paquete de él, incluso tetas de ella, y la verdad es que estaban los dos cañón. Me estoy dando cuenta conforme voy viendo cuerpos desnudos que al final no me desagradan ninguno de los dos géneros, de hecho, podría decirte que estoy llegando a un punto que no me importa el género sino el cuerpo, y aunque sigo manoseando más a los chicos, me estoy dando cuenta que no me desagrada tampoco poder tocar el cuerpo de ellas, a veces a lo mejor solo por comparar, pero la unión de sexo y de muerte es brutal.

Puedo decir que esta foto me quedó genial, y no porque lo haya hecho yo, sino que lo estoy perfeccionando. "Freírlos" a corrientes hacen que por un momento me convierta en una escultora que tiene un trozo de granito enfrente y empieza a esculpirlo. Cada brazo, cada mano, el tronco, la posición de la cabeza, cada uno de los sitios me están quedando de la forma correcta, y agradezco en este caso a Ciborg que me mandara ese tutorial. Sé qué hacemos una gran pareja, y posiblemente cuando todo esto acabe, viviremos juntos para siempre, a lo mejor asesinando, pero juntos para siempre.

La verdad es que no recogí los cuerpos, me pasé tanto tiempo intentando buscar la pose perfecta, que el tiempo se me pasó muy deprisa, y ya se estaba haciendo de día. Tenía que evitar que me viera alguien salir de allí, aunque teniendo en cuenta la zona donde están dudo mucho que alguien pueda darse cuenta de que allí hay dos muertos por mucho tiempo, más que nada porque aquel cuchitril de Lavapiés no tenía más que tres pisos, uno por altura y estábamos en el primero.

A ver con qué me sorprende esta vez Ciborg, pero le he dejado el listón muy alto. Me voy a dormir que ya es tarde. Hasta mañana."

La Cita

CAPÍTULO XVII
24 DE MARZO DE 2017 (II)

El aviso les había llegado a los agentes desde un pequeño piso en el barrio de Lavapiés. Al parecer la madre se acercaba todos los viernes para arreglarle la casa. Tuvo que ser muy triste que al abrir la puerta se encontrara con aquella tétrica imagen.

Cuando los llegaron agentes junto con Kreine, pudieron encontrar una escena idéntica a la encontrada en el Apart–Hotel Compostela Suites. Esta vez lo único distinto era la mesa, las sillas y las víctimas. La posición de las manos de los cuerpos era idéntica al anterior, dos platos de sushi en el centro y una vela con olor a rosas, que llevaría apagada muy poquito tiempo. Al parecer tenían una escena del crimen muy reciente, en el cual a diferencia de los asesinatos anteriores no se veía violencia en las víctimas, estaban eso sí con los ojos abiertos mirándose el uno al otro, y con las manos entrelazadas.

Kreine se quedó enfrente de ambos cuerpos observando cada detalle, cada gesto, en cambio los dos agentes comenzaron a revisar la zona de manera minuciosa para ver si encontraban cualquier otra pista. No obstante, parecía que iba a ser difícil encontrar algo en un cuchitril como aquel, se notaba que era un apartamento desorganizado de soltero, donde la limpieza brillaba por su ausencia. Al contrario que el Compostela, allí estaba todo sucio. El fregadero lleno de platos, calcetines y calzoncillos tirados al lado de la cama, la cual se encontraba sin hacer al parecer varios días. Pelos de la barba en el lavabo a la vez que toallas tiradas en el suelo del baño. Era el típico caos que muchos chicos tienen y que posiblemente a la pobre madre, ya cerca de los 60 años, no le gustaba, por eso se acercaba de semana en semana para arreglársela.

Kreine abrió su cuaderno y empezó a anotar distintos apuntes antes de que Sagarra se acercara.

–¿Has visto algo interesante? – preguntó el agente.

–Por ahora solo pequeñas ideas, hasta que no esté segura no os las diré– respondió Kreine.

–Parece ser que tuvo que ser esta noche el asesinato –indicó Sagarra–, según la declaración de la madre del asesinado, que es la que se ha encontrado los cuerpos. Habló con su hijo anoche a las diez, y quedaron que esta mañana ella se iba a pasar por aquí para limpiar un poco y acompañarla después al médico. Se llama Jesús y parece ser que es ingeniero freelance. Realizaba casi todo su trabajo a través de internet desde casa.

–¿Se sabe algo de la asesinada? – preguntó Kreine.

–Por ahora parece ser que la madre del asesinado no la conoce, ni siquiera de vista. Según nos comenta, su hijo estaba siempre con una y con otra con lo que debería de ser alguna chica que se encontraría anoche.

Velázquez avisó al agente y a la detective porque al parecer había encontrado algo. Se acercaron al único dormitorio que existía en aquel apartamento, y aunque era un desastre como el resto de la casa, un bolso de chica estaba encima de la cama deshecha.

–Aquí hay un bolso de mujer, que a lo mejor puede ser el de la chica – dijo Velázquez.

–¿Has visto su interior a ver si realmente es de ella? – preguntó Kreine.

–Estaba esperando que la científica le hiciera fotos y aún no lo he tocado – respondió Velázquez.

–¿Y a qué esperas a llamarlos? – le indicó Kreine metiéndole prisa, se notaba que estaba aún molesta con el agente.

Velázquez se fue resoplando hacia los compañeros de científica que se encontraban en la escena principal del crimen. Mientras tanto Kreine siguió mirando a fondo la habitación. De pronto se quedó plantada delante de la cama y empezó a hablar con Sagarra.

–Me has comentado que el chico vivía solo ¿no?

–Sí, eso al menos me ha dicho su madre – respondió el Faquir.

–Entonces creo que esa ropa que está ahí encima de la cama tiene que ser de la víctima femenina o estamos hablando de un travestido.

–Pues es muy posible conforme dices que sea de ella– Kreine paró y señaló hacia la sala donde se encontraban los cuerpos que era fácilmente visible desde la habitación– Si te fijas en la chica la camisa de ella le viene algo grande, por lo menos una talla más, con lo que supongo que el asesino le habrá cambiado como mínimo la ropa a ella.

–¿Eso que supondría? ¿los disfraza? – respondió Sagarra con un poco de ironía.

–Posiblemente –intervino Kreine– el asesino realiza una especie de escenificación, y supongo viendo estas dos víctimas y las del Apart–Hotel que lo que intenta es realizar una serie de representación para un cometido final, lo que nos faltaría averiguar es cuál es dicho cometido.

–¿Pero ¿cómo es posible que los disfrace y no los maquille?

–Posiblemente estos cuerpos también tendrán fibras en la cara y me da a mí que el asesino les está poniendo una máscara, aunque tendremos que esperar al informe forense. – indicó Kreine.

En ese momento Velázquez entró con la científica en la habitación donde se encontraba la ropa y empezaron a realizar todas las fotografías necesarias para el posterior estudio de las mismas. Cuando acabaron vaciaron el bolso de la víctima para ver si había alguna identificación.

–Se llamaba Alicia Solís, y vivía en la Latina. – dijo Velázquez mientras revisaba la cartera con la documentación– No hay muchas cosas interesantes aquí, y por lo que veo en el bolso tampoco, unos cuantos kleenex, pintalabios, dos condones, y estas tarjetas de invitación a chupitos, yo siempre las tiro, no entiendo a la gente que se guarde todo.

–Supongo que serán recientes esas invitaciones – dijo Kreine– porque pocos papeles me parecen para los que acumulamos las mujeres en los bolsos.

Una media sonrisa apareció en ambos agentes.

–Vamos a seguir mirando por la casa – indicó Gallur– a ver si encontramos alguna cosa más, aun así, quédate con el nombre de los pubs por si luego esta noche vamos a visitarlos y hacemos algunas preguntas. Por otro lado, da órdenes para que se lleven toda la ropa tanto la que llevan puesta como es normal como esta que está encima de la cama para que la procesen a ver si encuentran alguna otra pista que nos pueda hacer seguir en la investigación.

La Cita

CAPÍTULO XVIII
16 DE DICIEMBRE 2015

"Buenas noches diario, estoy fatal. Llevo días sin hablar con Ciborg y tampoco contigo, he cometido una locura y no sé cómo salir de este embrollo. ¿Te acuerdas que quedé en realizarle "una Cita" con una persona real y llamé a un actor de los que me pasó él el contacto? Pues el chico se llama Luis, y no sé, fue algo raro. Empezamos a hacer las distintas poses, los dos serios, mirándonos a los ojos sentados en una mesa, y algo surgió dentro de mí, una atracción irremediable a besarle. Y la verdad en ese momento me corté un poco, tenía a mi hermana delante, y no podía lanzarme. Era una sensación curiosa, no sé si era más ver que tenía un desconocido cubierto con una máscara, observándome, queriendo saber lo que está pensando de mí y lo cierto que me hacía que lo que durante este tiempo estaba siendo un juego, me excitara. De pronto me veía que necesitaba su contacto, su roce y lo que hasta ese momento lo veía como innecesario, ahora necesitaba un poco de carne que palpar.

Tras la escena Luis me dijo que, si me apetecía un café, y la verdad es que debería haberle dicho que no, pero necesitaba hablar con él para ver si se alejaba de mí ese deseo. El problema es que no se alejó, sino que fue a más. Y el café llevó a unas cañas, y las cañas llevaron a una cama. Sé que he hecho mal, o no, pero lo cierto es que desde que hice con él la sesión, nos estamos viendo todos los días, y no sé lo que hacer, no sé si decírselo a Ciborg, bloquearlo en el WhatsApp, la verdad es que no sé. Me siento una perra, pero el deseo que siento por Luis es muy grande, llevamos poco, pero creo que es posible que algo más fuerte surja entre los dos.

No sé diario, la verdad, sé que me enamoro y obsesiono pronto por los hombres y sé que no me vas a dar consejo, pero al final creo que le tendré que decir a Ciborg la verdad, aunque le duela y que no se genere más esperanzas de algo que ya ha acabado."

CAPÍTULO XIX
18 DE DICIEMBRE DE 2015

18 DE DICIEMBRE DE 2015

Hola... 20:47

Ciborg_321

Dichoso los ojos wapa, k t ha pasado??? 20:48

Tenemos k hablar... 20:49

Ciborg_321

Glup, eso suena mal... 20:50

Creo k no deberiamos seguir hablando 20:51

Ciborg_321

X??? 20:52

K pasa?? 20:52

No quiero hacert + daño.. 20:53 ✓✓

Has sido muy romantico, el k mas conmigo 20:53 ✓✓

Xro he conocido a un chico 20:54 ✓✓

Ciborg_321
Estas d coña no??? 20:54

No, ciborg 20:55 ✓✓

Hazme el favor, tu tienes muxo que dar 20:55 ✓✓

Sé que encontrarás a alguna x ahí mejor k yo 20:55 ✓✓

Ciborg_321
No puede estar pasándome esto 20:56

Es una broma no? 20:56

Ke ha quedado de lo nuestro? 20:56

Esa cita que ibamos a tener, debo parecer gilipollas 20:56

Conoceme al menos en persona y compara 20:57

Dime al menos quien es el... 20:57

Mejor no Ciborg 20:58 ✓✓

Vamos a dejarlo conforme está, x favor, no nos hagamos daño, esto es muy duro para mi
20:58

Ciborg_321

Me lo debes moon, dime quien es
20:59

Mejor no, no quiero malos rollos
21:00

Ciborg_321

No se moon me has decepcionado creía k eras distinta
21:01

Adios
21:01

La Cita

CAPÍTULO XX
24 DE MARZO DE 2017 (III)

Kreine llevaba tiempo sin salir por Madrid de noche. Las otras ocasiones en las que se había dejado caer por la capital, había sido para zanjar asuntos con algún superior o algún cliente, pero posiblemente llevaría desde el 2004 sin haber pisado algún pub de Madrid. Recordaba muy bien aquella noche de hecho había ido con unos clientes de cena en Atocha, y se dirigieron ese sábado a una pequeña discoteca que no recordaba el nombre en Argüelles. Solo recordaba que aquel sitio estaba infectado de gente bastante más joven que ella y que solo se pagaba la primera copa y el resto era barra libre. La noche hizo estragos y solo recordaba a cuatro borrachos de Albacete que le intentaron restregar varias veces el paquete para ver si ligaban. Menos mal que al día siguiente se fueron con el mismo rabo entre las piernas al ver la goleada que le habían metido a su equipo.

Lo cierto es que aquella noche no salían por placer, sino para recabar algo de información de los distintos pubs que se encontraban en aquella zona y que supuestamente habían sido regentados la noche anterior por las víctimas y a lo mejor por el asesino. Aquella noche Gallur se dio cuenta un poquito más de la personalidad de sus actuales compañeros en este caso. El protocolo era el habitual, entrar al pub, buscar a camareros o dueños enseñarles la fotografía de las víctimas y preguntarles si se acordaban de ellos. Aunque la actuación de cada uno de los agentes al entrar a los pubs era completamente distinta. Por un lado, Sagarra lo realizaba de manera escrupulosa, más parecido a un general de armada que a un agente de policía. Entraba saludaba muy cortésmente guardando las distancias con los preguntados. Para él cualquiera podría ser el culpable y es por esa razón no quería tomarse muchas confianzas con ellos.

En cambio, Velázquez era la antítesis, en cada pub que entraba, lo hacía moviendo el cuello al ritmo que estaba puesto. Su idea de interrogatorio no era directamente al dueño sino a las camareras que se encontraban tras la barra y acercándose lo máximo posible al oído. En varios de los sitios preguntados no hacía falta muchas presentaciones, algunas de ellas salían de la barra para darle dos besos o preguntarle si quedaba menos para que se vieran, y alguna otra iba para abofetearlo, aunque se quedaba parada al ver que no iba solo. Aunque la verdad fue él, el que encontró el primer pub fiable donde vieron a los asesinados, ya que en otros no le sonaba la cara de ambos.

El pub en cuestión se llamaba Single, y estaba ambientado completamente en los ochenta. Era un sitio en el que se juntaban toda serie de personas y edades, algunos por añoranza de los años vividos, otros por modas. Lo que estaba claro es que era un pub agradable para todo tipo de público. La chica que le dio la información a Velázquez se llamaba Maybelline. Era cubana y llevaba varios años en Madrid. Como muchas de sus compatriotas habían venido aquí para intentar buscar fortuna, eran jóvenes y exóticas, y eran carne de cañón de camareras de pub si había suerte. Ese trabajo lo compaginaba con las clases de baile que impartía en una academia. Hubiese estado a punto de entrar a la gran compañía Copacabana allí en Cuba, pero sus expectativas se truncaron cuando su padre se puso enfermo y tuvo que dedicarse a la familia para poder seguir adelante. Ese era su lema seguir adelante, aunque duela, aunque se sufra, aunque no estuviera donde le gustaba, pero la verdad es que como pasaba actualmente en esta sociedad daba igual el país o incluso la raza, echar adelante era el lema de una generación caiga lo que caiga.

Velázquez estaba hablando con ella e inmediatamente llamó a su compañero y a Kreine para que oyeran la conversación que estaban manteniendo.

–Os presento a Maybelline, trabaja aquí en el Single. Parece ser que ayer vio a las dos víctimas aquí en el pub.– indicó Velázquez señalando a la chica.

–Encantado en conocerla– se apresuró a decir Kreine– ¿Podría darnos algún detalle de ellos dos? ¿Si los conocía de antes o solían regentar este sitio?

–Si quieren pasamos aquí atrás a la trastienda, antes de atender a sus preguntas. – indicó la chica con su acento cubano casi perdido– Esto de estar con la música tan alta a todas horas al final me está perforando el tímpano, y a lo mejor no les puedo contestar de manera correcta.

Las tres personas entraron a la trastienda del local. No era un sitio del otro mundo, las paredes estaban en bruto, dejándose entre ver el ladrillo naranja a todo alrededor del recinto. Varias cajas de refrescos estaban colocadas de manera caótica a lo largo de todo el perímetro, sirviendo de armarios improvisados para las chaquetas y ropa de los camareros del pub. La chica se encendió un cigarro, antes de empezar a hablar con los agentes y Kreine.

–A Jesús le conozco desde hace mucho tiempo, es un chico que le gusta beber y meterse alguna raya, pero es un encanto. ¿Le ha pasado algo?

–No se lo ha comentado Velázquez. – intervino Sagarra.

–Decirme qué, ¿no me asusten?

–Jesús fue encontrado muerto en su apartamento esta mañana–. Indicó Sagarra con frialdad– junto a él se encontraba la chica que le habrá enseñado mi compañero.

Los ojos de la chica empezaron a humedecerse cuando se enteró de la noticia.

–No puede ser. ¿quién ha sido el malnacido? ¿Quién ha podido matarlos?

–En eso estamos señorita – indicó Kreine– pero necesitamos que nos diga algo más. Tal y como le he preguntado fuera, ¿podría darnos algún detalle, alguna información sobre ellos dos? ¿algo que recuerde de anoche?

–Bueno, Alicia, – dijo la camarera– suele venir bastante por este pub, le encanta el rollo ochentero. Anoche estaba con Jesús, de hecho, creo que era la primera vez que los veía juntos. La verdad es que hacen, bueno hacían, buena pareja porque son muy liberales, les encanta estar cada noche con una persona distinta. Llegaron ayer muy pronto y no cambiaron de pub en toda la noche.

–¿Vio usted si se le acercó alguien, o hablaron rato con alguien? – preguntó Sagarra.

–A ver, sé que me estoy metiendo en un lío…– dijo Maybelline entrecortada– Les he contado que Jesús solía consumir, pero realmente trapicheaba un poco con droga en este local. Le habíamos dicho varias veces que se fuera que no queríamos esa mierda, pero parece ser que tenía aquí clientela fija. Se encontraba siempre en la misma zona, varias personas solían acercársele para comprarle papelinas. Anoche no fue menos, mucha gente se le acercó.

–¿Alguien distinto a otras noches? – preguntó Kreine.

–No sé qué decirle, últimamente esto se ha llenado de gente de todas partes, estamos con nueva dirección, y han puesto varias fiestas, donde dan regalos ofertas, ya vosotros sabéis…

–¿A qué hora se fueron los dos si lo recuerda? – preguntó Kreine.

–De eso sí me acuerdo, los pobrecillos no se tenían en pie, fueron despacio hacia la puerta, y se cayeron dos veces antes de llegar. Serían las tres y media aproximadamente. Vino mi pareja a visitarme como todas las noches que trabajo.

–¿Salieron con alguien más? – insistió Kreine.

–No, de hecho, ni les ayudaron a los pobres cuando se cayeron. Cuando quieren farlopa bien que se le arriman, pero anoche en el suelo estaban solos los dos, al menos se les veía felices riéndose a grito pelado.

Los dos agentes y la detective se miraron sin saber si preguntarle algo más, veían que poco más podían sacarle, así que Sagarra tomó la decisión de despedirse de ella.

–Bueno señorita, si recuerda algo más tome nuestro contacto para avisarnos.

–Un momento –dijo Kreine mientras sacaba una documentación de su agenda– no habrás visto a esta persona anteriormente o a alguien que se le parezca?– la fotografía que le enseñó a la chica era algo antigua en blanco y negro, se trataba de una foto de un detenido, aproximadamente de unos 36 años, con aspecto anodino a excepción de sus dos penetrantes ojos oscuros– a lo mejor es más viejo, pero por la expresión de la cara posiblemente lo pueda reconocer, especialmente por esa cicatriz en la mejilla derecha.

-La verdad es que no, tampoco es que esta persona pueda destacar, pero no me suena.

-Si ve a esta persona, por favor llámenos también- le indicó Kreine mientras intentaba introducir la fotografía en su libreta.

En ese momento sin querer se le escurrió la agenda al intentarla meterla en el bolso, quedándose varios documentos esturreados. Maybelline se agachó a la vez que Kreine para ayudarla, cuando se quedó paralizada al coger una de las fotos. Era la del asesinado en el Apart–Hotel.

-A este si lo conozco, ¿qué le pasó? – indicó Maybelline mientras señalaba la foto.

Los dos agentes miraron a la chica con cierta curiosidad parecía que, al fin, algo empezaría a encajar, o a lo mejor no.

CAPÍTULO XXI
25 DE MARZO DE 2017

25 DE MARZO DE 2017

Ciborg_321

Hola, estas x ahí? 21:22

Dime wapo 21:22 ✓✓

Ciborg_321

Me encantó tu última foto 21:23

😊 21:23 ✓✓

Ciborg_321

Quien cantaba sta vez? 21:24

Me dejaste el audio, la foto, xro no se la cancion... 21:26

😂😂😂 21:25 ✓✓

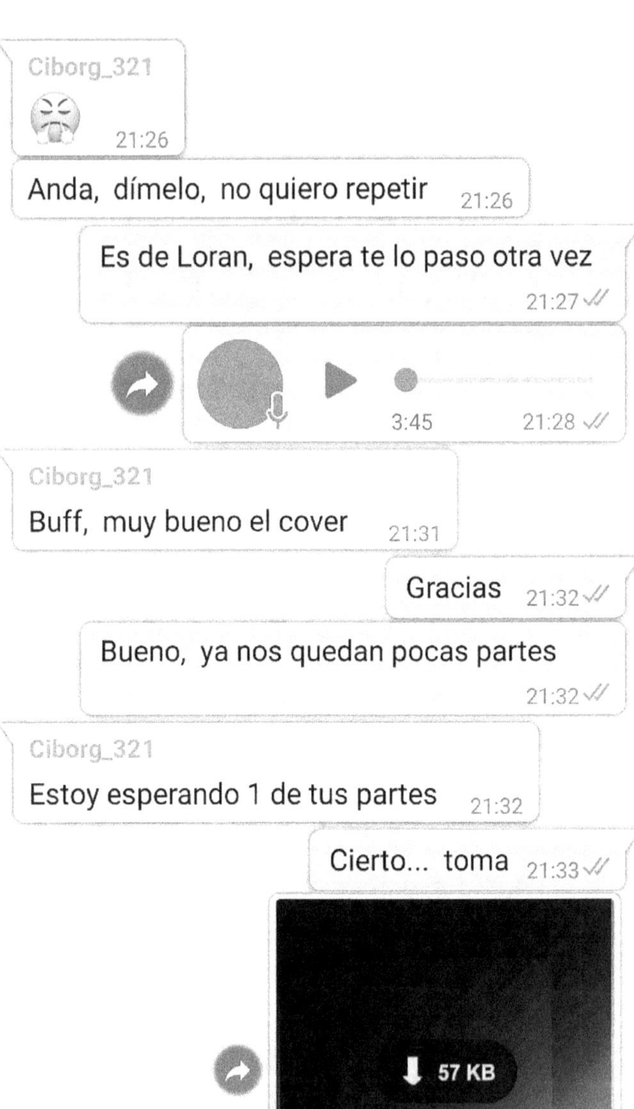
Ciborg_321
21:26
Anda, dímelo, no quiero repetir   21:26
Es de Loran, espera te lo paso otra vez
21:27
3:45   21:28
Ciborg_321
Buff, muy bueno el cover   21:31
Gracias   21:32
Bueno, ya nos quedan pocas partes
21:32
Ciborg_321
Estoy esperando 1 de tus partes   21:32
Cierto... toma   21:33
57 KB
21:34

Ciborg_321

Hmmmm, m encantan esos labios
21:35

Pronto me los comerás 21:36 ✓✓

Ciborg_321

Buffff, m muero de ganas 21:37

Esta semana te mando la foto, no se
quienes serán, pero posiblemente los
de las llaves
21:37

Seguro q esos se t dan bien 21:38 ✓✓

Ciborg_321

😂😂😂 21:39

Seguro 21:39

La Cita

CAPÍTULO XXII
24 DE MARZO DE 2017 (IV)

Maybelline no sabía cómo empezar a explicar su historia, la verdad es que le daba un poco de vergüenza explicar cómo había conocido a Luis, el asesinado en el Apart–Hotel. La vida fuera de tu país te hace vulnerable especialmente cuando vienes sola. Se avergonzaba de su pasado, y más aún cuando saben que este le había herido casi de muerte.

– Bueno Maybelline, indícame de qué conoces a Luis – preguntó Velázquez.

–Resulta complicado a veces poder empezar en una tierra como España. Y estando aquí sola tuve que ejercer la calle durante una época, solo dos meses. De ahí conocí a un hombre que me ofreció un trabajo un poco más sencillo y ganando más o menos igual –Maybelline miró al suelo con un poco cara de vergüenza y prosiguió hablando– La idea era hacer desnudos frente a la webcam. No puedes imaginar las guarrerías que pueden decirte por ahí. Te das cuenta de lo malas que son las personas, incluso más que cuando ejerces de puta, pero eso sí, esta opción es más "segura". Luis era uno de mis clientes.

–¿Y ahí se quedó la cosa? – preguntó Kreine.

–No, ¡qué va!, era un asiduo a mi canal, me lo encontraba todas las noches, hasta que no sé de qué manera consiguió que quedara con él, fuera de mi habitación. En mala hora lo hice. Me llevó a una pequeña casa a las afueras de Madrid. Y me retuvo allí por tres días. Yo pensaba que iba a ser un servicio normal, hasta que me pidió atarme con esposas a la cama y accedí, ya no me soltó y abusó de mi cuanto quiso. Fue desagradable, asqueroso, no sabe lo que una persona puede hacer cuando tiene el poder.

Se le empezaron a humedecer los ojos a la chica de tal manera y casi empezó a llorar, pero entonces empezó a apretar fuertemente los puños, con una rabia contenida imposible de acallar.

–¿Lo denunció?, ¿Volvió a verlo? ¿Se lo dijo a alguien? – preguntó Sagarra.

–A ver usted como policía, se le presenta una chica cubana que ya se le ha denunciado anteriormente por puta, va a comisaría y denuncia que han abusado de ella, y más cuando el hombre pagó cuando me dejó allí en una cuneta, ¿le creería? Sabe usted como yo que no me hubieran hecho ni caso, además, yo tenía un teléfono que a saber si no era falso, nada más. Como debe comprender en aquellos momentos no sabes cómo actuar y más cuando te encuentras sola en este país de mierda. No volví a verlo, si lo llego a ver le hubiera sacado los ojos o cortado la polla, pero no matarlo, prefiero que sufra sin ojos o sin polla en lugar de darle el placer de morir pronto. Solo avisé a las compañeras para que tuvieran cuidado con ese cabrón.

Se hizo un silencio incómodo en aquella trastienda, ya que los dos policías sabían que la chica tenía razón y que posiblemente hubieran archivado el caso mucho antes que algún policía hubiera salido en su ayuda. El sonido llegó de nuevo cuando habló Kreine.

–Recuerda alguna cosa más cuando estuvo retenida y no estaba violándola.

–He intentado quitarme de la cabeza todo lo que pasó

esos días, pero lo cierto es que ese tío estaba muy mal. Tenía una dependencia al sexo increíble, de hecho, cuando se paraba y no podía seguir más, cuando ya por mucho que intentara excitarse manoseándome no lo conseguía, se metía en páginas porno o encendía la tele si era de noche y buscaba canales donde pudiera mandar mensajes para otras tías. Era un cerdo obsesionado solo con su polla, no me gusta alegrarme de la muerte de alguien, pero puedo decir que espero que arda en el infierno el bocamierda ese.

Los dos agentes se quedaron mirándose con cara de sorpresa, en cambio Kreine, tomó ese comentario sin darle importancia. Ella sabía que esa chica no había sido la culpable de ninguno de los asesinatos, más que nada porque conocía lo que era el odio y la rabia que se siente ante un violador y más cuando este te utiliza como si fuera un trapo donde descargar sus ansias de lujuria.

–Bueno Maybelline, muchas gracias por toda la información que nos ha dado – dijo Kreine

–Un momento– indicó Sagarra–, ¿no sería conveniente que se viniera con nosotros a comisaría? Es una sospechosa, que está relacionada con dos de los crímenes.

–He dicho que es suficiente– insistió Kreine– si volvemos a necesitarla la llamaremos de nuevo, déjenos el teléfono por si fuera necesario contactar con usted. Si me gustaría que si ve algo extraño, o alguna persona parecida al sujeto que te he enseñado en las fotografías anteriores, no dudes en llamarnos. Este es mi teléfono.

¿Pero, el protocolo no…? –replicaba Sagarra cuando Kreine lo cortó por lo sano.

–Aquí hay poco o nada más que ver. Así que si no os importa por favor sigamos mirando por ahí para ver si obtenemos alguna información más.

Sagarra apretó la mandíbula y los puños callándose lo que quería decir, pero las órdenes eran claras, Kreine estaba al mando, aunque no estuviera de acuerdo con las decisiones.

Las tres personas salieron del pub, dejando a la chica atrás siendo Kreine la primera que salió por la puerta. En ese momento Sagarra la cogió por el brazo de una manera algo amenazante.

–¿Se puede saber por qué no la hemos llevado a comisaría? ¿Es la única que puede tener relación con todos los crímenes y un móvil por el momento?

–Ella no ha sido – dijo tajante Kreine.

–¿Y usted que sabe? ¿estaba ahí para confirmarlo? – le increpó también Velázquez.

–¿A ver según vosotros dos por qué sería ella la culpable? – interpuso Kreine.

–En el caso del Apart–Hotel está claro que por venganza. Quedó de nuevo con él junto con otra y se le fue de las manos y los mató a los dos. Y el caso de su pub por un ajuste de cuentas al no darle parte de dinero de la droga. – dijo Sagarra.

–¿Y la disposición de los cuerpos en la mesa? ¿Por qué matar también a las mujeres? ¿Por qué me va a decir a mí que conocía al del Apart–Hotel, si se me ha caído de la carpeta? No señores, esa chica no es una asesina, puede ser una víctima de algún cabrón, pero ni mucho menos asesina.

–¿Y por qué esta ella relacionada con ambos casos? Alguna razón habrá – indicó Sagarra.

–Por un lado, puede ser casualidad, y por nuestra parte será serendipia, tenemos un nuevo hilo para investigar. Tenemos que ponernos en contacto con la empresa encargada del chat de contactos que se encuentran por la noche en la televisión, a ver si en las fechas anteriores al crimen del Compostela Suites hubo un contacto del asesinado con el asesino o con la otra chica asesinada, para poder seguir investigando.

–Sigue sin contestarme a lo que le he preguntado acerca de Maybelline – volvió a insistir Sagarra.

–Esa chica no puede ser la asesina, ya no porque no tiene el perfil, no es un hombre, además no tiene la corpulencia para poder arrastrar a varias personas en peso muerto. No solo eso, tiene cuartada, estuvo trabajando en el pub hasta que cerró, y a esa hora es cuando encontró la madre del asesinado a la pareja. Con lo cual no pudo ser ella.

–Algo tiene que ver, me lo huelo, tanta relación no puede haber. –dijo el faquir– Deberíamos de seguir investigándola.

–Estamos buscando a un hombre, agente. Si algo tiene que ver con ella, nos enteraremos, pero por el momento no tenemos nada contra ella, solo un cúmulo de casualidades.

La Cita

CAPÍTULO XXIII
10 DE FEBRERO DE 2016

10 DE FEBRERO DE 2016

Ciborg_321

Luna estas x ahí? 20:33

Hola? 20:34

Cuanto tiempo... 20:35

La última vez no kedamos muy bien tu y yo 20:35

me perdonast? 20:36

Ciborg_321

Solo queria mandart 1 cosa... 20:37

Queria k viese con k clase d gente t juntas 20:37

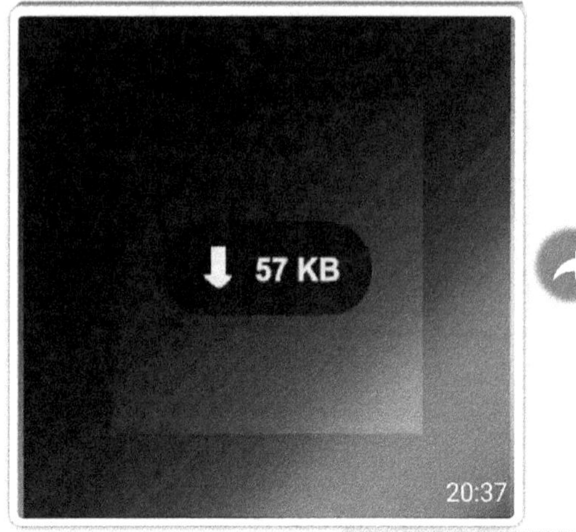

No puede ser... 20:38

Pedazo d cabron 20:38

Como sabias k estaba con el? 20:39

Donde es esto? 20:39

Ciborg_321

Me lo encontré x casualidad, sabia yo k no era trigo limpio 20:40

Al poco de hablar contigo me lo dijo a carcajadas, m dio las gracias x habert dado su teléfono, no sabes como fanfarroneaba 20:41

Tiene k haber una explicación, el no me haria esto 20:42

Ciborg_321

Se ve claramente como le come el morro a esa, deja poco a la interpretación...

20:43

Hijo d perra

20:44 ✓✓

lo mataba t lo aseguro

20:44 ✓✓

Ciborg_321

quieres k lo haga yo?

20:44

No se, le parto las piernas si quieres

20:44

¿?

20:45 ✓✓

Lo harias x mi?

20:45 ✓✓

Ciborg_321

No la verdad es k no, xro a lo mejor...

20:46

si hubieramos seguido no hubieras hecho lo mismo x mi?

20:46

Creo que si...

20:47

K tonta he sido....

20:48 ✓✓

Dejamelo a mi, a ver k m explica...

20:48 ✓✓

Ciborg_321

Si quieres voy contigo cuando hables con él...

20:48

No t preocupes, m apaño sola, bastante has hecho después de lo k t hice

20:49

Ciborg_321

Se k es mas fácil enamorar con el cara a cara, xro queria k lo nuestro fuera especial, aunque creo k ya es tarde...

20:49

M daba d hostias si me llegara a la cara yo sola

20:50

Ciborg_321

No se, dejemos ver como se desarrolla tu charla con el imbecil ese y si quieres luego hablamos... tengo ahora la cabeza muy confusa

20:51

Si pudiera hace algo xra arreglar lo nuestro t digo k lo haría...

20:52

Ciborg_321

Si el imbecil ese no hubiera existido, si en lugar de estar en esa primera cita yo en lugar de el, hubiera sido todo distinto

20:53

Tenia k haber esperado un poco, lo se
xro no puedo dar marcha atrás   20:53 ✓✓

Ciborg_321

Ojala si, Moon, ojala   20:54

La Cita

CAPÍTULO XXIV
02 DE ABRIL DE 2017

Kreine se levantó aquella mañana con desazón, sabía que iba a haber más muertos, pero no sabía ni cuándo, ni cuántos. Y lo peor de todo es que no tenían ninguna pista fiable. Irse al Retiro a correr, era muy distinto a salir por las Ramblas y el Port, pero es cierto que algo más de oxígeno se cogía. Se agradecía alejarse un poco de la miserable boina gris que amenazaba otro día más a la capital, y la verdad que era muy triste levantarse y mirar por la ventana y no poder ver un cielo azul. Barcelona tampoco era un sitio para tirar cohetes si se tiene en cuenta la polución, pero el respiro que da el mar y poder sentarte tras correr, te alejaba un poco de esta mierda de sociedad industrial y de consumismo.

Aquella mañana no le apetecía para nada escuchar música, solo quería pensar en que tenían, y aunque era domingo y supuestamente era su día de descanso, su forma de ser no le hacía desconectar del caso que estaban manejando. Por ahora llevaban dos escenas del crimen localizadas, y confirmados seis asesinados, aunque posiblemente hubiera más. Estaban ante un asesino en serie con un modus operandi no al uso. No se veía un móvil sexual, más bien posiblemente artístico o visual. Tampoco tenía una zona de confort establecida, por ahora tenían tres escenas en tres puntos distintos de Madrid, si contaba los encontrados en la casa de campo y sin una geometría clara. Tampoco el perfil de las víctimas, mendigos, una prostituta, un enfermo sexual, un ingeniero que pasaba droga, y una chica que resultaba ser una dependienta de una tienda de bolsos. Esperaba tener mayor suerte investigando la pista de los chats eróticos, a ver si sacaba algún teléfono y de ahí algún rastro, pero lo único que consiguió saber es que días antes de que ocurriera los sucesos de Compostela Suites, hubo un contacto de las dos víctimas con una tercera persona para ese día. Por lo que escribieron en ese chat, querían hacer una fiesta por todo lo alto, y concretaron una cita en el Apart–Hotel. Parecía que al final podían conseguir el teléfono móvil del asesino, pero era un móvil pre–pago sin registro personal, ya que había sido sustraído en Canarias.

No se podía quitar de la cabeza la relación con el caso Polaroid y las similitudes que tenía, ya que era realmente lo que le había llevado allí, pero había cabos que se le escapaba. Podría decirse que fue su primer caso, y el que marcó su carácter. Intentaba olvidarlo, pero es muy complicado ser víctima y olvidar. Y el problema ahora es que estaba recordando, y a veces recordar es demasiado duro, especialmente cuando ves en los asesinados tu cara, piensas en lo que posiblemente han sufrido, como estuvieron. Aun así y aunque cuando ella conoció los casos, todos eran desarrollados de la misma manera, no podía negar que había muchos patrones que se repetían tanto en el pasado vivido por ella, así como en el presente, por ejemplo, la forma de utilizar el rigor mortis de las víctimas, el cambio de la ropa según la escena, así como la manía de dejarle los ojos abiertos con la utilización de pegamento, pero no concebía por qué unos muertos eran de manera violenta y otra utilizando anestésicos, o venenos.

Kreine seguía corriendo dentro del Retiro, no disfrutaba del entorno, solo corría y pensaba, sin observar por donde iba, y menos si había más gente. Así fue como se chocó inesperadamente con otra chica, que se encontraba paseando mientras tomaba un Starbucks y leía un libro. El encontronazo fue tal que Kreine acabó empapada con el café de la chica.

–¡Ay, lo siento! – indicó la chica mientras intentaba levantarse. La pobre chica había quedado sentada en el suelo debido al gran golpe, mientras Kreine observaba como se había quedado empapada con el café.

–¡Mierda! – exclamó Gallur– No, disculpa tú…– Gallur se agachó para intentar ayudar a la chica a levantarse– ¿Estás bien?, ha sido culpa mía, ya me decían que cuando uno corre observe lo que tiene delante y a los lados, porque si viene por detrás es que estás huyendo.

La chica empezó a reírse mientras agarraba las manos de Kreine para poder incorporarse.

–Te he manchado entera, perdona, con lo mal que se quita la mancha de café. – indicó la chica.

–No te preocupes, me lo tengo merecido. Perdona tú que te he dejado sin café.

–No importa, ahora voy a por otro– indicó la chica.

–No, yo te invito, es lo mínimo que puedo hacer, el que rompe paga, dicen…..

Ambas chicas empezaron a reírse.

–Bueno tendré que aceptar tu oferta, creo que necesito despertarme antes de que me vaya chocando por ahí con más runners.

….

Tanto Kreine como la chica fueron a tomar un café, en la terraza del Ancla dentro del Retiro. Era una mañana fresca y aunque había sido Gallur la que había dicho a la chica de invitarla, su deformidad profesional siempre le llevaba a estar en espacios concurridos y si era posible con libertad para poder escapar, no fuera que la otra persona pudiera jugarle una mala pasada. No obstante, la chica no parecía ningún peligro, su aspecto menudo confirmaba lo fácil que había sido tirada al suelo con el choque fortuito que había tenido con la detective. No mediría más de un metro setenta, y su pelo rojizo rizado le iluminaba ese aspecto blanquecino que normalmente los pelirrojos tienen. Tenía unos grandes ojos azules y unos labios rojizos muy carnosos. Posiblemente estaría cerca de los treinta años, aunque al ser tan menuda era complicado saber cuál era realmente su edad, y por supuesto Kreine no se lo iba a preguntar. Lo que sí le preguntó fue su nombre, se llamaba Meritxell.

–Es raro encontrar a una chica que se llame Meritxell aquí en Madrid, y más que no se le note para nada el acento catalán – indicó la detective.

–Es cierto– dijo la chica– Nací allí, pero desde muy pequeña por motivos de trabajo de mis padres nos vinimos aquí a la Capital. Pocas cosas hay que me unan ya allí a Barcelona, ni siquiera familiares, con lo que puedo decir que soy una madrileña castiza. De hecho, prefiero que me llamen Meri, en lugar de Meritxell, les costaba a mis compañeros del colegio llamarme con este nombre, así que al final mi nombre se ha quedado con Meri.

–Bueno pues entonces te llamaré Meri– dijo Kreine con media sonrisa– y estás ¿estudiando, trabajando…?

–Pues como la mayoría de las jóvenes ahora, intentando sobrevivir– empezaron a reírse las dos– Bueno, la verdad es que acabé mis estudios de fisio, pero no ha habido mucha suerte por el momento, así que estoy aprendiendo algo de idiomas para intentar buscar más suerte en el extranjero. Cuentan que allí los sanitarios españoles son muy reconocidos.

−No es oro todo lo que reluce – dijo Kreine mientras cogía su taza de café para darle un sorbo– Al final los españoles somos vistos como los mendigos de Europa, y creen que te pueden explotar, dando el doscientos por cien en tu trabajo y cobrando el cuarenta por cien por él. Pero bueno esperemos que acabe ya, esta puta crisis.

−Bueno como te llamas tú– dijo Meri– tienes que tener un nombre catalán autóctono, teniendo en cuenta lo cerrado que tienes el acento catalán– empezaron ambas a reírse de nuevo.

−Pues no te lo imaginarías en la vida. Mi nombre es Kreine.

A la chica se le abrieron los ojos en una mezcla de asombro y curiosidad.

−¡Qué nombre más raro! Catalán, catalán no es mucho. – dijo Meri con una sonrisa– ¿De dónde viene si puede saberse?

−Claro– indicó Kreine de manera distendida, de hecho, a ella le encantaba explicar de dónde venía su nombre porque tenía siempre el discurso preparado. Era normal que a aquellas personas que acabara de conocer lo siguiente fuese interesarse por su nombre, y si no se interesaban significaba que poco iba a durar la relación con esa persona– Es un nombre de procedencia hebreo–alemana. Es una adaptación a la lengua judía de la palabra corona en alemán. Tras el genocidio de la segunda guerra mundial casi desapareció, pero mi abuela era judía, pudo escapar de los nazis y se instaló en Barcelona, no sin problemas en una España sumida en la dictadura, aunque eso sería otra historia. De ahí vienen las raíces de mi nombre y la verdad es que es raro, de hecho, está casi en extinción, no sé si llegarán a cien en todo el mundo, pero bueno, esto es como todo, lo que hoy no está de moda, mañana puede verse hasta en la sopa.

–¿Y a qué te dedicas? – le preguntó la chica.

A Kreine no le gusta mucho decir a desconocidos cuál es su verdadero trabajo, así que normalmente siempre improvisa, y le vino ni al pelo que la chica llevara encima un libro y estuviera encima de la mesa.

–Pues soy escritora, bueno lo intento. Por ahora no he tenido suerte en poder publicar nada, pero sé que ahora tengo una historia que podría ser un pelotazo.

–¿Sí? Me encanta leer, ¿de qué va la obra?

–Bueno es una novela histórica. Habla de Antonio Pérez, ¿lo conoces? – preguntó Kreine esperando que la chica no tuviera mucha idea sobre él.

–No la verdad es que no.

–Bueno este hombre fue secretario de Felipe II y fue uno de los principales precursores de la "Leyenda Negra" de España. Intento ambientarla en aquella época y ver por qué una persona pudo poner en jaque al imperio donde no se escondía el sol, y como los españoles e incluso personas muy vinculadas a la corona, fueron los culpables del principio del fin del apogeo español. – Kreine volvió a hacer una pausa para poder beber un sorbo de su café– La verdad que es muy triste como los españoles tenemos ese sentimiento cainita de pelearnos y destruirnos entre nosotros.

–Sí, la verdad es que es muy triste. – dijo la chica mientras terminaba de beber café– Suena interesante. Prometo comprarlo si lo encuentro. No me hace falta título, solo viendo tu nombre sabré que lo has hecho tú– dijo sonriendo.

–¿Y ese libro es bueno? – indicó Kreine mientras señalaba el libro de la chica.

–Si, es el "Nombre del Viento" de Patrick Rouffust, llevo poco leído la verdad, pero he oído que es muy bueno, junto con el segundo libro que sigue con la historia. La verdad es que me da pereza cuando son tan grandes, pero ahora que tengo algo más de tiempo me he dicho ¿por qué no?

–Me lo apuntaré como reto, aunque no sea mi estilo– indicó Kreine– Bueno creo que tengo que dejarte, me queda terminar la sesión de running y a ver si hablo con un par de contactos para promocionar el libro.

–Bueno, pues te doy las gracias por el café, si sueles correr por aquí nos iremos viendo a menudo.

–De acuerdo, – dijo Gallur– algún día de estos.

–Algún día de estos– respondió Meri.

Kreine se levantó de la terraza y siguió su ruta, la verdad es que no tenía que hacer nada en todo el día, pero por muy cordial que se intente ser con un desconocido, siempre es mejor dejarlo así, como lo que es, un desconocido.

La Cita

CAPÍTULO XXV
03 DE ABRIL DE 2017

03 DE ABRIL DE 2017

Ciborg_321

Hola wapa, coge esto y ya me cuentas...

22:07

Y esto

22:08

La Cita

Ciborg_321
2:03   22:08
Hola amor...   22:11
Perfecto, hablamos luego   22:12
22:12

CAPÍTULO XXVI
04 DE ABRIL DE 2017 (I)

Aquel martes el día era como cualquier otro, un Madrid bullicioso se oía por la ventana aun siendo muy temprano. Kreine se levantaba a las seis en punto, aunque llevaba ya algunos minutos despierta. Desde hacía tiempo siempre abría el ojo algún minuto antes de que sonara el despertador. Es como si su cuerpo se hubiese adaptado a predecir el despertador antes de que sonara, aunque fuese una hora aleatoria cada día. Cuando estaba sentada en la cama y se disponía a incorporarse para tomarse una ducha, el teléfono le sonó. Era Sagarra.

–¿Kreine?, ¿disculpa estabas dormida?

–No, ya me había levantado, dime Sagarra – contestó Gallur entre bostezos.

–Ha vuelto a ocurrir, estamos en Narváez 72, ¿podrías acercarte cuanto antes?

–Dime a que altura está.

–Justo al lado del Lizarrán que se encuentra al final de la calle cerca del Retiro.

–Sí, dadme diez minutos, enseguida estoy allí.

–De acuerdo colgó el agente al otro lado.

Kreine estaba muy cerca de Narváez. Se encontraba alojada en el hotel Wellington. Se había propuesto que siempre que estuviera fuera de su casa no iba a pasar penurias, en su trabajo no sabía cuándo su vida podría llegar a su fin, con lo que su lema era "lo que no disfrute en vida que un gusano no se lo lleve", así que estar en un hotel tan lujoso como aquel no era casualidad. Se enfundó de nuevo en sus tejanos ajustados y su chupa de cuero roja y se dirigió a paso ligero hacia la dirección que el agente le había indicado. Tardó mucho menos de los diez minutos que había dicho lo que causó sorpresa a Sagarra. Tanto Velázquez como Sagarra se encontraban en la puerta esperando.

– Hola, contadme lo que habéis encontrado– les dijo la detective a ambos agentes.

– Preferimos que nos cuentes tú lo que sepas– le indicó Sagarra con una voz grave.

– No te entiendo, ¿a qué te refieres? – indicó Kreine con sorpresa.

– Acompáñanos y te darás cuenta por qué te decimos esto.

Kreine acompañó a los agentes tal y como le había indicado Sagarra. El agente se encontraba de avanzadilla hacia el interior del portal. Tras pasar un estrello pasillo que formaba el portal, aparecían unos pocos escalones que llevaban a una pequeña vivienda a mano derecha. Resultaba ser la estancia reservada a la portería de la finca. Aunque podría estar en desuso en la actualidad, lo cierto es que Madrid seguía teniendo gran cantidad de estas pequeñas estancias donde el portero se encontraba como esa bisagra de pequeña humanidad en una gran ciudad que antaño se podía respirar en Madrid. Ese habitáculo parecía una pequeña caja de grillos. La minúscula entrada daba rápidamente paso a cuatro puertas muy juntas entre ellas, las cuales habían sido abiertas previamente por los investigadores antes de llegar Kreine. Podrían vislumbrarse dos puertas a mano derecha una cocina con un gran ventanal orientado al inicio del portal, y un pequeño cuarto de baño en el cual era imposible que entraran dos personas a la vez. Justo enfrente de la puerta principal se encontraba una tercera puerta que albergaba el que parecía un dormitorio de matrimonio. Sagarra seguía caminando, dirigiéndose hacia la puerta que se encontraba al lado izquierdo que parecía ser una sala de estar. La detective se encontraba justo detrás de la espalda de Sagarra y al tratarse de un sitio tan pequeño era complicado poder ver mucho más que el cogote del agente. Cuando entraron dentro de la sala, Sagarra se apartó hacia el lado izquierdo dejando ver la escena donde se encontraban de nuevo dos personas sentadas en una mesa redonda. Misma posición, mismos platos, mismo olor de vela a rosas. Parecía la misma historia, con dos distintos asesinados, pero ahora había un elemento más, lo que provocó la paralización de Kreine mientras veía la escena del crimen.

– Bueno ahora nos vas a explicar que es lo que está ocurriendo– indicó Sagarra de manera firme.

Kreine aún no podía reaccionar antes las palabras del agente. Se fue acercando poco a poco hacia la cara de la chica, para poder observarla mejor, no podía tocarla, pero quería constatar que lo que estaba viendo era verdad. Se confirmaba algo que estaba buscando desde hace tiempo en el resto asesinados. Ambos cuerpos tenían puestos sendas máscaras. Solo faltaba la música.

– Kreine necesitamos saber por qué la asesinada tiene puesta una máscara con tu cara– dijo de manera tajante Sagarra.

La detective pareció salir de su letargo la segunda vez que Sagarra le habló. Sabía que ahora sí tenía delante un crimen perpetrado por él, por aquel que tanto daño le había hecho. ¿Pero cómo era posible? Ella vio como ese desgraciado se quemaba, y como sacaron el cuerpo carbonizado, pero ¿y si no era él? ¿Y si era otro el cuerpo que vio quemado? La incredulidad del principio pasó a empezar a focalizarse en cada una de las víctimas. La escena era idéntica a los casos anteriores, a excepción de que esta vez ambos tenían máscaras. Como ya había indicado Sagarra, la chica tenía la máscara de Kreine, el otro asesinado portaba una cara que no era desconocida para la detective. Era la misma cara que cuando tuvo la desgracia de ponerse en su camino, ni se había molestado en poner una cara ya envejecido, sino la misma que tenía en el 92. Esa cara con mirada anodina, las entradas prominentes, esa media sonrisa. Era como si se abriera una ventana hacia al pasado, un triste y amargo pasado, y ahora también Kreine sabía que aquel desgraciado conocía que la detective se encontraba aquí, porque quería que viera su cara, la cara con la que se sobresaltaba en aquellas noches de pesadillas.

— Vas a decirnos algo Kreine, o vas a estar ahí plantada y callada– volvió a increparla Sagarra.

— Bueno, creía que no os tendría que hablar de él, pero creo que es hora que conozcáis la razón por la que estoy aquí. – dijo Kreine de una manera categórica. De pronto se puso al lado del varón asesinado y con un gesto frío lo señalo– Os presento al asesino de la Polaroid.

CAPÍTULO XXVII
07 DE ABRIL DE 2017

Hola wapo, estás x ahí? me debes una cosilla...
21:47

Ciborg_321

Aquí tienes un cacho linda... y por supuesto mi parte
21:48

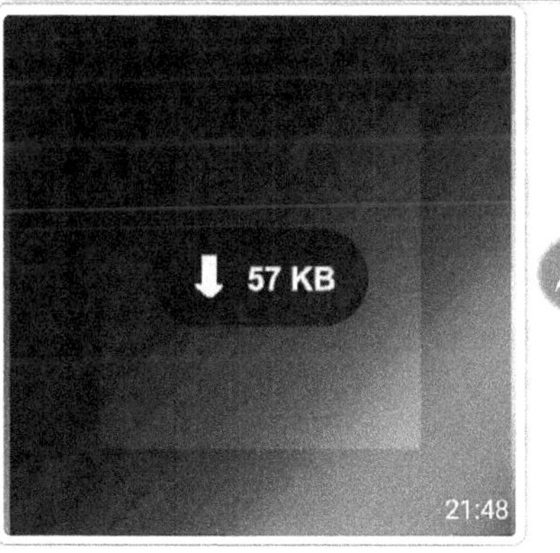

T gustó la última cita? 21:48

M encantó y la música ideal 21:49

Era Sparkle Haze no? 21:49

Ya la había oido 21:49

Ya casi tengo toda su cara y me encanta 21:50

Ciborg_321

Y yo la tuya 21:50

😂😂😂😂 21:50

K t parezo? 21:50

Ideal me encanta 21:50

Y a ti la mia? 21:51

Ciborg_321

Me esperaba otra cosa... 21:51

😵😵😵😵Como???? 21:52

Ciborg_321

😂😂😂😂 21:53

Eres mucho mejor, estoy impaciente ya de verte 21:53

😍 21:54

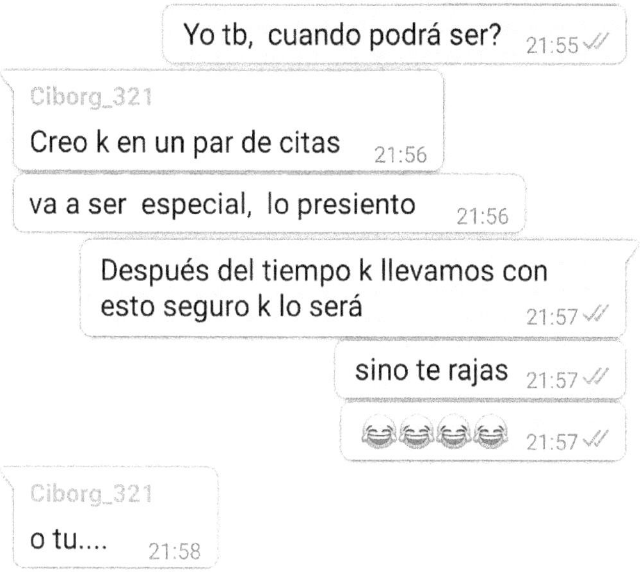

La Cita

Yo tb, cuando podrá ser? 21:55

Ciborg_321

Creo k en un par de citas 21:56

va a ser especial, lo presiento 21:56

Después del tiempo k llevamos con esto seguro k lo será 21:57

sino te rajas 21:57

😂😂😂😂 21:57

Ciborg_321

o tu.... 21:58

La Cita

CAPÍTULO XXVIII
13 DE FEBRERO DE 2016

"Mañana voy a quedar con el cabrón de Luis. Aprovecharé que es el día de los enamorados. Sigo sin creerme que me la haya jugado, aunque la foto que me mandó Ciborg era bastante clara. Maldito hijo de perra, me he sentido como una furcia, me ha hecho lo que ha querido y más, y yo confiando en él. Tenía que haber seguido con el juego de Ciborg, él si era lo que necesitaba, solo le faltaba esa pequeña chispa que Luis tenía. Tengo que volver con Ciborg como sea, aunque sea suplicando, no sé estar sola, a ver si consigo que me perdone. No quiero estar sola, no puedo estar sola y lo sabes, me niego a pasar otra vez por lo mismo."

---

14 DE FEBRERO DE 2016

Ciborg, cogeme el tfno, es urgente t necesito...
22:03

Ciborg_321

Estoy con gente, y no puedo, dim k te pasa?
22:05

Ciborg, lo he matado joder, lo he matado... 22:05

Ciborg_321
K me estás diciendo??? 22:07

He matado a Luis, quedé con él xra cenar, nos pusimos a discutir y él no paraba de decir k no le comiera la cabeza 22:08

k era una loca, 22:09

le enseñe la foto y empezó a reirse en mi cara, k no le importaba una mierda lo que el hiciera 22:10

me puse nerviosa Ciborg, y le estampe la botella de vino en la cabeza 22:11

No tenía pulso Ciborg, no tenía pulso 22:12

Ciborg_321
Me estás mintiendo Luna? 22:13

Mira 22:14

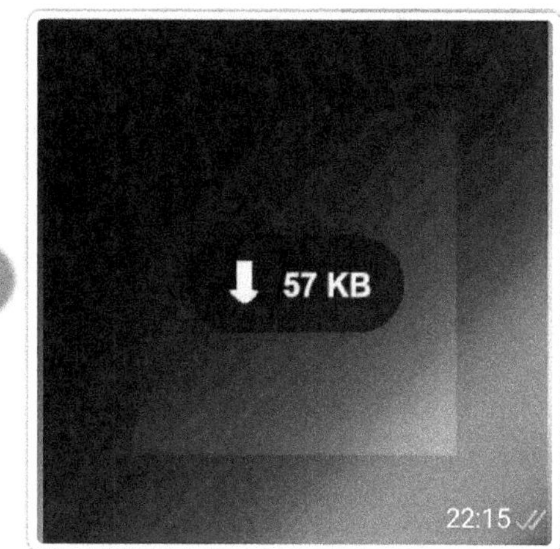

Ciborg_321

22:16

Pufff, madre mía   22:16

Ciborg dime algo...   22:17

Ciborg_321
Donde estás?   22:17

Sigo aquí en su casa   22:18

Ciborg_321
Vete de allí ahora mismo   22:19

Es en Print, no? he estado alguna vez
allí
22:20

Necesito verte   22:21

Ciborg_321

Luna, tienes que marcharte de alli, dejame su buzon abierto y las llaves dentro, yo me desharé del cuerpo

22:22

No podemos estar dos personas juntas, aquello es un cuchitril

22:23

No quiero o dejarte a ti el marron solo

22:24 ✓✓

Ciborg_321

Dejamelo a mi Moon, si no te hubiera mandado la foto no estariamos en esta situación, hazme caso, yo me encargaré

22:25

Gracias, Ciborg, no se cómo puedes hacer esto x mi, después d todo. t debo una

22:27 ✓✓

Ciborg_321

Ya hablaremos, x favor vete de alli cuanto antes, yo iré en 1 hora, no puedo levantar sospechas con los k he quedado

22:28

Bss 22:29 ✓✓

■■■

"Madre mía diario, en que lío me he metido, he matado a una persona y no tenía que haberlo hecho. No sé

qué me ha pasado, estaba hablando con él y me ha llamado loca, sabes que no pueden llamarme loca, bastante mal lo he pasado durante todo este tiempo, para que me llamen ahora loca. Sabes que me he curado, que son ya más de un año sin visitar a psiquiatras para que ahora me llamen loca. Será desgraciado, después de haberme plantado los cuernos llamarme loca. Estábamos en su casa, como cualquier otra noche, allí cenando, y empezamos a hablar de cómo se había dado el día. Algo se olía que no iba bien, cuando no le he respondido de manera normal. Cuando le he preguntado por la otra chica, le ha cambiado la cara. Me ha dicho que de qué le estaba hablando y no he podido evitar enseñarle la foto que me mandó Ciborg, ha empezado a reírse en mi cara y a decirme que no me importaba, que era asunto únicamente suyo y que su vida privada no era de su incumbencia. Le he dicho que me debía una explicación y me ha llamado loca, no he podido evitarlo Diario, he cogido lo primero que tenía a mano y se lo he estampado en la cabeza, todo fue muy rápido, vi que se caía encima de la mesa y la rabia que tenía era tan grande que con la boquilla que me quedó en la mano se la clavé en el cuello. No podía parar, quería que sufriera, pero algo me nubló y tenía que verlo muerto. Cuando me di cuenta de lo que había ocurrido, cuando vi que no podía moverse, me puse muy nerviosa, pero en ningún momento tenía sentimiento de culpa, debía de haberse estado quieto, debía de haber pensado antes de haberse enrollado con esa guarra. No sabía que hacer así que me puse en contacto con Ciborg, la verdad es que no sé por qué pensé en él, pero necesitaba contar lo que había hecho a alguien y el más cercano que tenía en mente era a él.

Me ha dicho que se iba a hacer él cargo, ¿y si llama a la policía? ¿por qué no me llama? No sé qué hacer, ¿lo llamo? No tenía que haberlo llamado, un momento espera……"

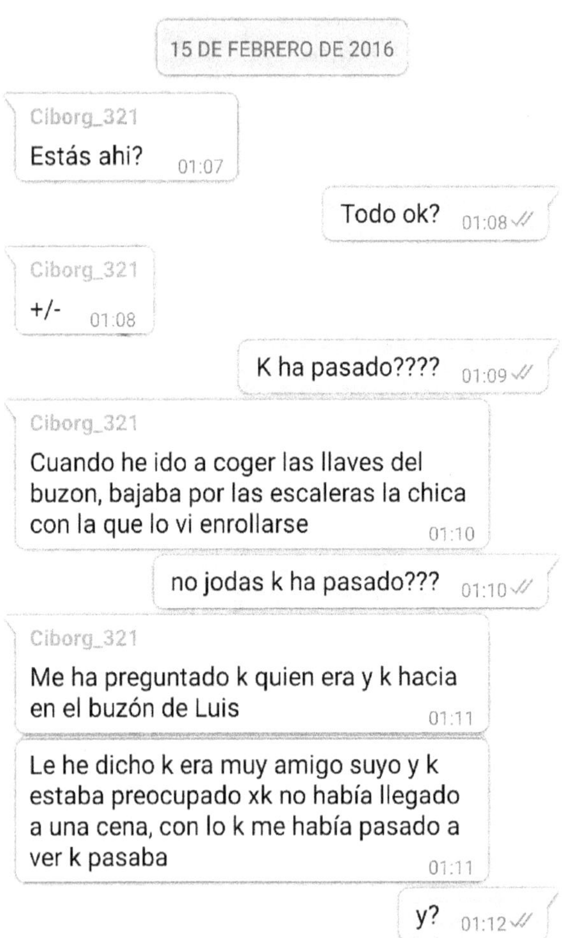
15 DE FEBRERO DE 2016
Ciborg_321
Estás ahi? 01:07
Todo ok? 01:08
Ciborg_321
+/- 01:08
K ha pasado???? 01:09
Ciborg_321
Cuando he ido a coger las llaves del buzon, bajaba por las escaleras la chica con la que lo vi enrollarse 01:10
no jodas k ha pasado??? 01:10
Ciborg_321
Me ha preguntado k quien era y k hacia en el buzón de Luis 01:11
Le he dicho k era muy amigo suyo y k estaba preocupado xk no había llegado a una cena, con lo k me había pasado a ver k pasaba 01:11
y? 01:12

Ciborg_321

Pues como no me creia, ha subido conmigo y he dejado k pasara delante, cuando he entrado a la sala, antes de que chillara le he golpeado en la cabeza con lo primero k he pillado
01:13

La he matado Moon, ahora si ke estamos en un lío
01:14

Noooo, k vamos a hacer? 01:15

Ciborg_321

De momento callarnos 01:16

Yo estoy aqui, voy a esperarme a k sea mas de madrugada xra llevarme los cuerpos, los tiraré a un contenedor
01:17

Madre mía, madre mia, puta vida esta
01:18

Ciborg_321

No te preocupes yo me encargo d todo
01:19

soy una persona con recursos 01:19

Necesitas ayuda? 01:19

voy xra allá 01:20

Ciborg_321

No como t he dicho antes cuantos menos seamos mejor 01:21

Está bien 01:21 ✓✓

muchas gracias x todo 01:21 ✓✓

siento habert metido en este lio 01:21 ✓✓

Ciborg_321

Estamos los dos metidos en el lío Moon 01:22

Una cosa mas 01:36

dime 01:37 ✓✓

Ciborg_321

me acordé de ti y no he podido evitar hacer esto 01:37

el k? 01:38 ✓✓

Ciborg_321

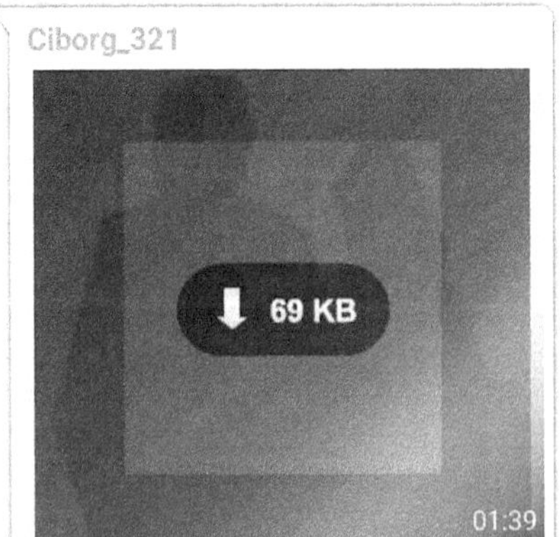

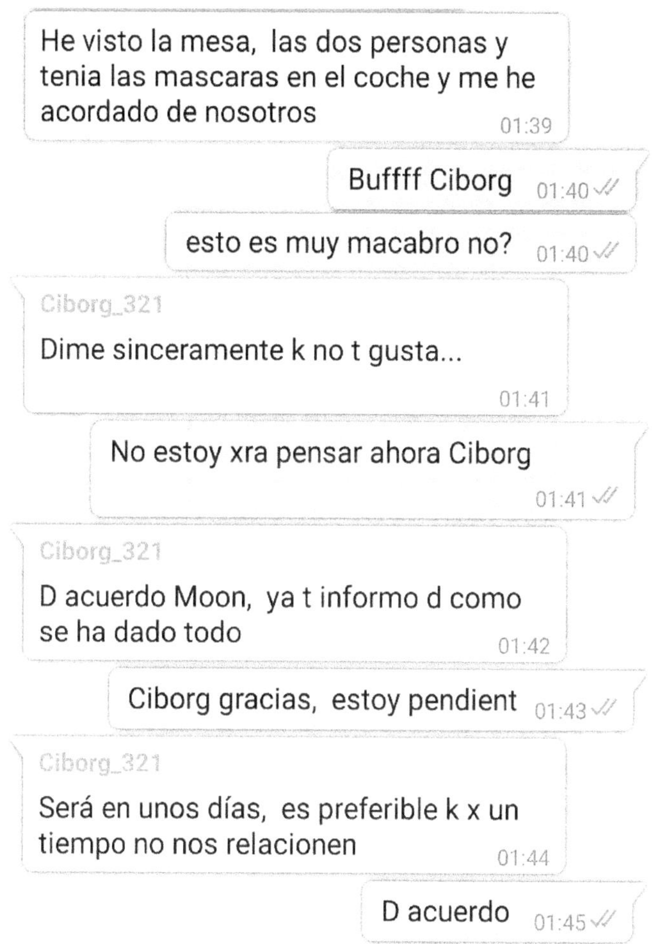

Diario, era Ciborg, está en el piso de Luis, pero ha matado a la perra que con la que se había liado el cabrón este. Si te digo la verdad ahora me quedo un poco más tranquila, ya que egoístamente estamos los dos al mismo nivel. No tenía que haberse metido en este lío, pero agradezco que lo haya hecho, no quería pasar este lance sola. Lo más raro es lo que ha hecho después, me ha mandado una foto con los dos sentados delante uno del otro como las que hacíamos en nuestras "Citas". Incluso con las

máscaras. Y pensar que podía haber estado con Ciborg, y no haber pasado por esto. A Ciborg le ha recordado a nosotros y la verdad es que a mí también. No se lo he querido decir por teléfono porque estaba nerviosa, pero sí, la verdad es que me ha gustado que aún en esos momentos se haya acordado de mí, creo que al final podremos encontrarnos. Estoy esperando a hablar de nuevo con él para pedir que me perdone, quiero empezar de nuevo, creo que esto nos va a unir más que separar, porque ambos tenemos mucho que callar."

CAPÍTULO XXIX
04 DE ABRIL DE 2017 (II)

Kreine se encontraba delante de los dos agentes en la puerta de la portería, se había propuesto contarle parte del caso Polaroid. No estaba muy segura de si era lo adecuado, pero estas últimas muertes habían precipitado todo.

– Bueno, voy a ver cómo puedo explicaros esto. – empezó Kreine a hablar– En el año 91, yo acabé mi formación en Ávila, y entré en el Cuerpo de Nacionales de Barcelona. En ese momento me destinaron a un caso especial, que estaba ocurriendo. A comisaría llegaban de manera periódica, fotografías realizadas con cámara Polaroid en la cual aparecían cuerpos en determinadas poses. Al cabo de unos días de aparecer dichas fotografías se descubrían los cuerpos asesinados, de muy distintas formas. No obstante, estas fotografías se fueron especializando, y las poses se fueron dejando más perfectas gracias a que utilizaba la rigidez que el rigor mortis ofrecía. Ya no solo eso, el asesino se hizo más provocador y no se esperaba a que descubriéramos los cuerpos, ya que mandaba junto con la fotografía la dirección donde podíamos encontrar a la víctima o incluso víctimas, atreviéndose a usar a dos personas a la vez para conseguir la foto que necesitaba. El modus operandi era muy complicado, llegaba de determinadas maneras a las víctimas, o bien las narcotizaba o las noqueaba.

Kreine hizo una pausa mientras miraba al cielo gris de Madrid, recordando un poco aquellos momentos. Una vez terminado ese pequeño momento reanudó su explicación.

– Una vez que ya los tenía en una determinada posición, les inducía corrientes a muy alta tensión, para acelerar el rigor mortis de esas partes ya necrosadas, y cuando tenía ya lo que quería quemaba con soplete las articulaciones para acelerarlo, de esa manera al final los moldeaba al igual que lo hacía un escultor. No tenía un sitio fijo, ni un área de confort, sino que elegía cada víctima de manera aleatoria, siendo esta un modelo completamente diferente al anterior. Hubo un punto de inflexión, se obsesionó con una persona y fue colocando, a cada uno de los asesinados, máscaras de la persona con la cual se obsesionó.

Kreine bajó la mirada y la perdió en el asfalto de aquella calle. Parecía que no iba a hablar, pero de nuevo reanudó la explicación de una manera más pausada y remarcando sus palabras.

– Veinticinco asesinatos, y casi catorce intentos más de homicidio, diez de los cuales terminaron en secuelas. Imaginad la cantidad de familias rotas, por un desgraciado sin escrúpulos, imaginad como un cabrón se reía de la policía, imaginad por qué tenía el poder…, porque unos desgraciados burócratas no querían manchar la imagen de lo que ahora se llama marca España. Sería un escándalo que tanto en los meses previos, como posteriormente en plenos Juegos Olímpicos, hubiera dado vueltas un asesino loco por el entorno de Barcelona. España era el escaparate del mundo en ese año y nada debía de afear esos eventos, con lo cual hay que imaginar que ningún registro de dicho caso quedara en ningún fichero y perteneciera solo al ámbito de la inteligencia nacional. Malditos tecnócratas, si hubiéramos avisado en los medios de comunicación, se hubieran evitado muchas muertes, víctimas y vidas rotas.

En ese momento la detective se quedó de nuevo

pensativa mirando a ambos a agentes, parecía que sus dos ojos se iban a humedecer, pero poco a poco la frialdad llegó de nuevo a ella. Mientras tanto Sagarra la miraba con un cierto aire de pena. Él sabía que todos tienen un primer caso, un caso que martiriza, que les hacen ver si sirven o no para el Cuerpo, y en ese momento estaba viendo como una persona estaba contando el suyo. Sabía que más de un secreto se estaba guardando, pero no quería saber por el momento nada más que ella no quisiera mostrar, ya que entendía que cuando se hurga en una herida empieza a sangrar y a doler, y ahora que parecía que algo de luz se podía tener en ese caso, no quería que una de las piezas principales se derrumbara.

No obstante Velázquez, que era algo más irracional, si aprovechó ese momento de silencio para increparla y lanzarle preguntas.

–¿Me está usted diciendo que tenía esta información del caso y no ha sido capaz de decirnos nada hasta ahora?, ¿pero qué clase de persona se ha creído usted? Podríamos haber evitado unas cuantas muertes si hubiésemos tenido un hilo conductor, y hemos esperado cuatro muertes más hasta saber esto. No puedo entender, siendo tan profesional como es usted, no nos haya dicho absolutamente nada.

–No tenía por qué decir nada ya que alguna pieza no encajaba – indicó Kreine– Estamos hablando de unos crímenes que pasaron hace más de veinte años, de hecho, yo misma abatí con un disparo a ese desgraciado.

–¿Y cómo es posible que ahora esté vivo? me va a decir usted que ha resucitado, que yo sepa eso solo lo hizo una persona, y no lo tengo yo muy claro del todo – increpó de nuevo Velázquez.

–Acorralamos a este cabrón en una nave a las afueras

de Sant Boi de Llobregat. Fue todo muy rápido, estaba mirándome desde lo alto de la nave, cuando un reflejo de su reloj me alertó, logré dispararle y cayó al otro lado de una habitación que había, cuando fui a pasar, de pronto una llamarada de fuego salto y todo se empezó a oscurecer y a llenarse de humo. Cuando el fuego se extinguió se pudo recuperar un cuerpo carbonizado. Vi el cuerpo, tenía su misma complexión, y llevaba ese mismo maldito reloj que no se lo quitaba. No se pudo hacer ningún otro reconocimiento, pero lo que está claro es que las muertes cesaron desde ese día. Ahora me doy cuenta que no era él el calcinado y ese malnacido vuelve a estar otra vez entre nosotros.

— Bueno— intervino ahora sí Sagarra— tenemos que centrarnos ahora en los casos que llevamos, y posiblemente con la ayuda de Kreine, podremos enlazar los distintos aspectos de la mente de este criminal. Me importa poco que antes no nos dijera nada detective— dijo mirando fijamente a Kreine— pero lo que si le pido es que a partir de ahora nos indique tanto el modus operandi que tenía este asesino en Barcelona, y si ha visto algo relacionado con los casos de aquí.

— Si os parece bien – indicó Kreine— prefiero tener estas últimas autopsias, para cerrar un poco algunos aspectos que no me quedan claros, para allanarnos más el camino.

Ambos agentes, aunque no muy de acuerdo, asintieron con la cabeza, esperando que esta vez pudieran ya por fin buscar una verdadera vía fiable de investigación.

CAPÍTULO XXX
05 DE ABRIL DE 2017

Los dos agentes junto con la detective se reunieron al día siguiente ya con los datos de la autopsia de los últimos asesinados. Al igual que pasaba en el Apart–Hotel, el varón presentaba una puñalada en el costado, al lado del corazón. Ambos tenían puntos necrosados debidos a la acción de la entrada de corrientes que les habían infligido para acelerar el rigor mortis, quemaduras, y además tener ambos las caras destrozadas.

–De los casos que hemos visto –empezó a puntualizar Sagarra– en tres escenas del crimen los asesinados tienen las caras destrozadas y con el varón apuñalado. Solo uno de los casos, los asesinados en Lavapiés, no tienen esas mismas señales, aunque la composición de los cuerpos enfrente de la mesa es absolutamente la misma, por lo que supongo que por alguna razón aquí cambió el modus operandi, aunque posiblemente teniendo en cuenta las declaraciones con éstos no tuvo muchos problemas por lo ebrios que iban.

Sagarra hizo un parón en enumerar los casos, para seguir viendo las fotografías.

– Por lo que puedo encontrar en el informe forense de la última escena del crimen, hay una cosa que no está muy clara. Revisando las máscaras que llevaban, tienen pocas marcas de sangre, teniendo en cuenta que tienen la cara destrozada. Esto indica que se tuvo que esperar a que se le secaran las heridas, y posiblemente le dio tiempo a cambiarles las ropas, aunque no hay mucha diferencia con el escenario del crimen anterior. Lo único es que se le ha añadido a ella, un pañuelo azul alrededor del cuello, parece que quería darle un poquito de aire sofisticado a una indumentaria bastante sport.

   – O quería taparle el estrangulamiento a la que fue sometida– cortó de repente Kreine– o por lo menos eso pone en el informe forense, que la muerte de la chica fue por esa razón.

   – No tiene sentido– indicó Velázquez– un asesino en serie no actúa de la manera que actúa este. Tiene una manera distinta de asesinar a las víctimas cada vez.

   – Su único propósito es completar una escena – intervino de nuevo Kreine.

   – Bueno creo que en este punto deberíamos de conocer algo de cómo es el asesino, y de cómo actuaba cuando lo conociste, Kreine– dijo Sagarra.

   – El perfil de este asesino no sigue un patrón para la realización del asesinato. Para él lo importante son los cuerpos una vez muertos, ya que puede moldear a su antojo la escena que tiene en la cabeza. Solo hay una cosa que mueve a esta persona y es tener la escena perfecta, con el encuadre perfecto, le obsesiona una idea y no para hasta completarla. Su nombre es Pau. – dijo Kreine– Como ya os comenté empezó a realizar sus asesinatos a finales del 80, o por lo menos tuvimos noticias de ellos en esas fechas. Cuando me asignaron este caso, ya se habían presentado cuatro asesinatos. Mi asignación fue debido a que desde central creían que un novato cierra mejor la boca que uno que no lo es. No obstante, yo no llevaba el peso de todo el caso, sino que servía de apoyo para el que ahora es Comisario general de Barcelona, Marc Colominas.

Kreine se dirigió hacia su agenda y lo abrió en una de sus numerosas páginas dobladas que tenía. La verdad es que el cuaderno parecía más un tomo de una enciclopedia en lugar del típico cuadernillo de anotaciones. Aquella página contenía el retrato que había enseñado en el pub de Argüelles. Junto a esa hoja aparecía una fotocopia de una fotografía, la cual empezó a señalar antes de hablar.

– Este fue el primer asesinato del que tenemos constancia. Si os fijáis en la escena, aunque parezca muy distinta a los casos que nos atañen ahora, mirad los detalles. La iluminación es igual siempre, una única vela. La mesa es un elemento no central pero sí necesario, ya que soporta por un lado la vela, y por otro lado un elemento relacionado con la persona a la que se le hace la fotografía, o a veces fotografías. En este caso que os enseño aparece una manzana mordida encima de la mesa, y si os fijáis en esta fotografía y en su título a las que a todas por cierto le incluía, se llamaba "Pecado Original", es por esa razón por lo que la chica que aparece, y es la tercera parte principal, está desnuda, con unas hojas de parra cubriéndole genitales y pecho. Su pasión era que la persona que estuviera en la fotografía guardara una pose durante bastante tiempo ya que, aunque le apodamos el asesino de la Polaroid, esta solo la utilizaba para dejar la foto que mandaba a comisaría. Luego al revisar todo el material que dejó en aquella nave donde le disparé, nos dimos cuenta que realizaba fotografías de larga exposición, ya que la poca iluminación de la vela obligaba a ello. En cambio, la cámara Polaroid dejaba una imagen velada con mucho colorido que hacía que cada vez que descubríamos la escena del crimen solo coincidía con la realidad la vela y lo que había encima de la mesa, ya que las víctimas siempre quedaban algo más difuminadas.

Los dos agentes observaron de manera minuciosa la fotografía, y lo cierto es que, si les dijeran que ambos casos estaban relacionados, no lo habrían ni apostado. Cuando Kreine vio que los dos agentes ya no observaban la foto, empezó a pasar las hojas de su cuaderno, mientras empezó a hablarles.

– El asesino siempre que conseguía su víctima adecuada, le realizaba las fotografías a cara descubierta, el cuerpo solo era un soporte para el resultado final de la fotografía. No obstante, el asesino tenía un recurso si no conseguía una víctima que estuviera vigilando, y era poner una máscara con la persona que le hubiese gustado realizar esa escena, y repetía los crímenes con la misma configuración, con el mismo decorado hasta que conseguía a la persona que tenía que ir en dicha escena.

– ¿Y cómo sabíais que repetía los crímenes? ¿No se buscaba a la próxima víctima o se le ponía escolta? – interrumpió Velázquez.

– A veces no nos enterábamos porque de esas pruebas no solía mandar fotografía a la policía y llegábamos tarde. Otras veces si conseguíamos ponerle escolta, pero lograba de alguna manera llegar a ellas saltándose la escolta y al final no conseguíamos salvarlos. Estábamos ante una persona que le encantaba jugar con la policía y cada vez que le poníamos un obstáculo para él era un reto que lograba superarlo– Kreine seguía buscando en su agenda una determinada foto, cuando llegó se la señaló a los agentes– Esta fotografía creo que os sonará más. Se titula "La Cita", podéis ver una persona con máscara, porque él era uno de los actores y como observareis que la composición es muy similar a los casos que tenemos en la actualidad. Para esta "obra" hubo en la zona de Barcelona cinco asesinatos dobles, los cuales no pudo terminarla completamente ya que no pudo matar a la persona que quería.

— ¿Quiénes eran ellos? – preguntó Sagarra.

— Realmente solo buscaba a una que no sale en esa foto, porque la escena la formaban dos, él y una chica. Se obsesionó con la ella y parece ser que quería inmortalizarla en una cita con él. Como os he contado, hasta cinco veces intentó representar la escena, como no conseguía a la chica mató a todo lo que se le interponía para alcanzar como fuese esa foto, aunque nosotros siempre supusimos que era una manera de preparar la imagen perfecta, porque en aquellas que consideraba importantes, hacía alguna prueba siempre antes.

— ¿Pero no consiguió al final a la chica? – preguntó de nuevo Sagarra.

— No pudo hacer con ella la escena que quería. – dijo Kreine de una manera cortante y cambió de tema– Si os fijáis en la escena como os he comentado antes, es muy similar. Dos personas, una vela, y comida, pero no la misma que actualmente. Al principio no os comenté nada sobre este asesino, debido a que había piezas que no encajaban, una de ellas era esta, no era normal que hubiese cambiado de repente de comida, ya que todos los elementos que están en la escena están relacionados con un deseo de él. En esta escena en sus fotos, y aquí puede verse, contenían un pequeño consomé de verduras, además de un pequeño entrante de calamares rebozados. Por eso me pareció muy raro ver sushi, encima de la mesa. Lo mismo pasó en la ropa, no es muy normal que cada escena cambiara de indumentaria, a sabiendas que él cambiaba la ropa una vez muertos. En los asesinatos de los años 90, desde la primera foto hasta la última tenía una ropa ya muy preconcebida, él iba con un traje gris, y ella con un vestido rojo muy ceñido, de hecho, se los iba cambiando de asesinado en asesinado, y nos encontrábamos siempre los cuerpos desnudos, actualmente parece que les deja la ropa a los muertos y no se preocupa en llevársela. No sé si está intentando formar un decorado distinto cada vez o por el contrario está haciendo pruebas, pero hay varios cambios sustanciales entre el modo de actuar entre la época que lo conocí y ahora. Por eso no estaba muy segura de que fuese el mismo cabrón.

– Pero si es así, – indicó Velázquez– ¿no es posible que sean dos asesinos distintos, el que conociste tú y el que hay ahora? A lo mejor es un imitador.

– Es un poco complicado. Como os comenté, el caso se llevaba en secreto, dentro de la comisaría solo tres personas conocíamos el caso, y por órdenes expresas del CNI debía ser así. Cada vez que un cuerpo era descubierto los agentes que eran avisados eran trasladados a otro destino si pertenecían a nuestra comisaría, y siempre con la excusa de las Olimpiadas. Los jueces que levantaban los cadáveres eran cada vez uno distinto, y teníamos "la suerte" entre comillas, que la zona donde actuaba era cada vez en un punto distinto de la provincia de Barcelona, con lo que no se extendió mucho la voz sobre esa serie de asesinatos. Es casi imposible que fuera un imitador, principalmente porque nuestro comisario jefe murió, Marc pondría la mano en el fuego por él además no ha salido de Barcelona en mucho tiempo y a mí me tenéis aquí explicándoos todo. Todo el expediente de este tío por otro lado se llevó directamente al

CNI, lo único que queda son estas copias que llevo yo encima.

Kreine hizo una pausa acercándose el bolígrafo, que había cogido para señalar las fotografías, en dirección a los labios. Se notaba que estaba pensando en cómo articular el caso, porque aún se encontraba aún desconcertada en la confirmación que el asesino estaba de nuevo actuando.

– ¿Saben ustedes si se ha recibido en algún cuartel de Madrid, fotografías, o algo relacionado con estos asesinatos? – preguntó de repente, Kreine.

– No, que tengamos conocimiento– indicó Sagarra– no obstante, ahora que lo dice, hay algo curioso en el aviso de los últimos asesinatos. Se recibió una llamada a comisaría indicando que había una pelea en ese punto en concreto de la calle, los agentes llegaron y no había ni rastro de la pelea, pero si vieron que estaba la puerta del portal abierta y buscaron dentro a ver si había allí alguien de los que participaban en la reyerta, al entrar vieron la puerta de la portería abierta, y fue cuando se encontraron a los dos asesinados.

– Se ha localizado quien llamó – preguntó Kreine.

– Se realizó la llamada desde una cabina – indicó Velázquez hojeando el expediente de llamadas– no sé quién puede seguir utilizándolas, habiendo móviles.

– Alguien que se quiera esconder– respondió Kreine– Sería conveniente que se revisaran todas las cámaras que se puedan sobre esa hora en las inmediaciones de la cabina para ver si podemos ver su aspecto actual. Ha tenido que envejecer con lo que la cara tiene que ser completamente distinta. Esta es la respuesta que necesitaba, ya que uno de lo que movía a este asesino era hacerse notar, y por eso nos mandaba las fotografías a nuestras instalaciones. Ahora estoy convencida que los asesinatos de antes eran solo pruebas, está cerca del objetivo, y claramente el objetivo soy yo.

CAPÍTULO XXXI
01 DE MARZO DE 2016

"Buenas noches diario, llevo varias noches sin contactar con Ciborg sé que me dijo que estuviéramos un tiempo sin hablar, pero estoy preocupada. Sólo lo que me da más tranquilidad es que por ahora no ha venido ningún policía a buscarme. Sigo dándole vueltas a lo que ocurrió con Luis, ¿cómo pude matarlo?, sabía que la psiquiatra me dijo que era impredecible, pero no podía imaginar hasta dónde podía llegar. Maldito cabrón, yo que había confiado en él, y me los pega con otra. Ahora temo que me descubran, pero no creo que Ciborg haga eso, hay que tener en cuenta que él está enfrascado igual que yo. Tengo que intentar hablar con él a ver si ahora puede."

▪▪▪

1 DE MARZO 2016

Hola, estas ahí? 22:27 ✓✓

Ciborg_321

Hola Moon 22:28

M tenias preocupada... 22:28

al final todo bien? 22:28

Ciborg_321
si, no hubo problema 22:28
Tu stas bien? 22:29

No 22:29

Sigo dandol vueltas a lo k hice 22:29

Ciborg_321
No te castigues, ya sta hecho... 22:29

No se, sigo mal 22:29

Ciborg_321
Normal, xro solo piensa k si paso, es x algo 22:30

T voy a decir una cosa, llamame loca si kieres 22:30

Ciborg_321
Dime 22:31

Mientrs estaba con el seguia pensando en ti 22:31

Ciborg_321
Sabes k es mentira 22:31

En serio, solo k me dejé llevar y pensé solo en ese momento 22:32

Ciborg_321

aunque me hicieras daño? 22:32

No era mi intención Ciborg, solo me dio miedo 22:33

T veia tan bueno, serio, y k querias ir tan despacio que me impancienté 22:33

Ciborg_321

debería no haber hecho ese maldito juego, ahora estaríamos juntos y no habría pasado lo k ha pasado 22:34

No Ciborg, una de las cosad k me gusta de lo nuestro, precisamente es ese juego 22:35

Ciborg_321

Seguro? 22:35

Ese juego era una manera de acercarme a ti, y lo único k he hecho es k mataras a uno, aunke... 22:36

Aunke k? 22:36

Ciborg_321

no me arrepiento xke he descubierto algo k aun kiero y es estar contigo

22:37

Y eso? 22:37

Ciborg_321

No t miento, y el otro dia cuando vi k habia matado a una persona no sé, la adrenalina del momento, esa angustia x k nos pillaran, me hizo sentir como k estaba dentro de algo mas grande k aunke me superaba lo manejaba, y me gustó

22:39

A mi no m gustó matarlo Ciborg, xro tengo k decir k luego lo k hiciste me conmovió

22:40

Me acordé de nosotros dos y a veces me doy cuenta k el asesinato no ha vuelto a unir

22:41

Ciborg_321

Creo k tienes razón... 22:41

Y si seguimos con esto? xke no cambiamos los maniquíes o los actores x cuerpos?

22:42

Estás loco? 22:42

Xro como vamos a hacer eso? 22:42

Y si nos pillan? 22:42

Ciborg_321

Si estoy loco, xro me he dado cuenta k lo nuestro puede ser muy fuerte 22:43

Miénteme ahora y dim k no te sentiste fuerte a la hora de ver k una vida pendía de tus dedos? 22:44

Pues en ese momento cagada de miedp, xro después es cierto me sentí aliviada 22:45

Xro no quiero volver a hacerlo 22:45

Ciborg_321

Vamos a hacer una cosa.... t mando yo en estos días una hecha x mi y me cuentas... 22:46

Vas a matar a inocentes? 22:46

Ciborg_321

Si mato a alguien no será x ser inocente... 22:46

M das miedo 22:47

Ciborg_321

Tranquila te encantará 22:47

La Cita

CAPÍTULO XXXII
22 DE ABRIL DE 2017 (I)

De nuevo era sábado en aquel Madrid, y Kreine salió de nuevo a correr por el Retiro. La investigación seguía sin avanzar como a ella le gustaría, sabía que pronto habría más muertes, y a lo mejor ella posiblemente podría ser una de ellas. Ya había estado en las manos de aquel desgraciado, y la verdad no le gustaría volver a pasar por lo mismo. Aunque seguía preguntándose ¿por qué ahora? Después de tantos años, sin saber de él, de pensar que estaba ya hecho polvo de hueso en una fosa, y que no podría molestarla en esa vida que tenía, se encontraba otra vez cara a cara frente a su pesadilla. Y lo peor no era eso, lo peor era que había cambiado parte de su manera de actuar y no sabía por dónde le podría salir.

Incluso esta vez con mayor tecnología, con mejores maneras para localizarlo, no tenían nada, ya que la cabina, donde se había realizado la llamada de los últimos asesinatos, no poseía cámaras cercanas, y tampoco se había visto por aquella zona nadie sospechoso. Las víctimas tampoco aportaban mucha información, dos porteros de edificio, no obstante, en el registro se les había encontrado que traficaban con cocaína y utilizaban la portería de punto de encuentro además de tapadera.

En las distintas escenas del crimen tampoco se habían localizado móviles extraños, que no fueran de la zona y que se repitieran, y teniendo en cuenta lo dispares que eran los lugares donde se habían cometido los asesinatos, era de entender que el asesino no estaba en posesión de ningún teléfono móvil a la hora de cometer los asesinatos. Era todo muy extraño, era como si un asesino del pasado se hubiera adaptado a los condicionantes del futuro, y siguiera matando, igual de efectivo que antes.

La detective seguía sin dormir lo suficiente esos días, y en el fondo pedía que llegaran los fines de semana para poder correr y desinhibirse de los trasiegos del caso, sabía que era una postura egoísta, pero también sabía que si no lo hacía podría acabar loca. Seguía el ritmo de la carrera, oyendo Sarabediah Road, de Vetusta, cuando a lo lejos pudo divisar una figura conocida por ella.

Se trataba de Meri, se encontraba sentada en uno de los bancos, siguiendo con la lectura de aquel tocho de libro con la que la había visto la última vez. Seguía pensando que como era posible que le pudiera gustar ese tipo de literatura tan extensa, pero bueno cada uno era libre de buscar un divertimento a su vida.

–Buenos días – indicó Kreine saludando a la chica.

–Hola buenos días, ¿otra vez corriendo por aquí? – respondió ella.

Kreine se paró, delante del banco donde se encontraba la chica, para entablar una conversación con ella. La detective había aprendido durante todos sus casos que a veces es necesario buscar una persona ajena a lo que estaba viviendo, para poder relajarse y olvidarse de todo, de esa manera podía estar más lúcida u ocurrírsele alguna idea en ese trasiego.

–Sí, es de los pocos lugares de Madrid donde se puede respirar algo de aire y que no se te llene de gases de tubo escape– indicó Kreine.

–Eso es cierto, a mí me pasa igual. Necesito salir del cuchitril de piso donde vivo para que me dé algo de luz y respirar algo de aire, porque Madrid se está haciendo insoportable últimamente.

–Como se nota cuando nos falta playa, ¿verdad? – indicó Kreine con una carcajada.

–La verdad es que ya no la echo de menos, como te dije vine muy pequeña aquí, ahora me he vuelto dominguera de playa, y si no me escapo al embalse del Manzanares cuando puedo.

–Es verdad no me acordaba. Además, siendo tan pelirroja, tienes que tener problemas con el sol, ¿o me equivoco? – preguntó Kreine mientras realizaba una serie de estiramientos frente a ella para evitar posibles lesiones posteriores.

–El farmacéutico, me conoce como factor 120. – dijo la chica riendo– Si no me pongo pantalla total cada diez minutos, llego a casa roja de piel y roja de pelo, y como comprenderás no quiero que me cojan para un anuncio de Kétchup Heinz.

Empezaron a reírse las dos chicas a la vez.

–Tiene que ser un fastidio – dijo la detective.

–La verdad es que sí, pero hay que sufrir para presumir. ¿Y lo que se liga luego? Tú no sabes el tirón que tiene una pelirroja.

–La verdad es que sí, yo siempre he tenido buenos recuerdos de gente pelirroja. Me han resultado ser talismanes durante mi vida.

–¿Sí? Me alegro entonces. – la chica dio un parón y cambió de tema– ¿Qué tal se te dio la presentación de tu libro a los editores? ¿Conseguiste alguno?

–¡Qué va! Seguimos igual, a ver esta semana si hay más suerte, menos mal que estoy en casa de una amiga, que si no me iba a salir el hotel por un pico. La gente no está preparada para una buena obra, se han acostumbrado a manuales de autoayuda, historias épicas y novela negra, no se dan cuenta que existe más mundo ahí fuera.

–¿No has pensado en auto editarte? – indicó Meri– me han comentado que es una gran opción cuando se tiene problemas en buscar editor.

–¡Olvídate!, al final no los vendo y me los tengo que quedar yo, y mi idea no es perder dinero contando una historia, sino como mínimo quedarme igual, por lo menos que se cuente la historia.

–Piénsalo por este lado, si tienes confianza en ti será más fácil que lleves tu obra a buen puerto.

–También lees a Cohelo, ¿verdad? – dijo Kreine con sarcasmo.

–Me has pillado– dijo la chica sonriendo.

–No creo que la vida sea solo parte de la filosofía barata que nos venden. Hay mucho más. Aquí por desgracia se viene a sufrir y cuanto antes nos demos cuenta de ello, más fácil será para nosotros asumirlo y aunque parezca extraño, ser más felices.

En ese momento el teléfono móvil le sonó a la detective. Era Sagarra.

–Bueno– dijo cortante Kreine– tengo que dejarte, a

lo mejor hoy tengo confianza y es un editor que quiere publicarme el libro.

–Lo ves, hay que tener confianza – dijo la chica riendo– nos vemos…

Kreine se alejó de la chica con el corazón de nuevo en un puño. Era extraño que el agente le llamara, y más un día festivo, con lo que se temía que posiblemente otros cadáveres hubieran aparecido. Kreine movió rápidamente el dedo sobre la pantalla de su teléfono para descolgarlo, tan rápidamente que tuvo que hacerlo tres veces para al final conseguir hablar con Sagarra.

–Hola Sagarra, ¿alguna novedad?

–Buenos días Kreine. No la verdad es que no, te llamaba para otra cosa, aunque está relacionado con los casos – dijo el agente de una manera tranquila.

–Bueno, me quitas un peso de encima, creía que había vuelto actuar. Dime ¿qué es lo que necesitas?

–Me gustaría que quedáramos en comisaría para poder repasar de nuevo todas las pruebas. Hay cosas que no me cuadran y querría que las contrastáramos con su modus operandi anterior.

–De acuerdo no hay ningún problema. ¿A qué hora te viene bien? – preguntó la detective– Sabes que yo poco o nada tengo que hacer en esta ciudad.

–Si no te importa podríamos quedar a las ocho de la tarde, tengo algún asunto familiar que resolver.

–Sin problema, a las ocho me acercaré a comisaría – afirmó Kreine.

La Cita

CAPÍTULO XXXIII
03 DE MARZO DE 2016

"Querido Diario estoy un poco preocupada, Ciborg me está dando miedo, va a matar a otras personas. Lo peor es que no puedo denunciarlo, porque saldría lo que he hecho yo. Y más triste aún es que me siento culpable, si no hubiera asesinado yo al primero, no hubiera alimentado sus ansias de matar. Parece que era como si una semilla le hubiera brotado del interior para cometer esas atrocidades. Y yo me encuentro entre la espada y la pared, no puedo escapar, y sé que esto al final va a estallar. El problema no solo es ese. Me veo que, aunque la idea posiblemente es un poco macabra, me atrae la curiosidad de lo que va a hacer, y no solo eso sino que en algunas ocasiones tengo yo deseos de ver lo que me va a enseñar y posiblemente de hacerlo yo también. Maldita hora en la que conocí a Luis. No sé si aguantaré esto mucho más, pero ahora solo me queda esperar, esperar a ver cuál es el siguiente paso y si me va a afectar a mí directamente. Y quien sabe si no acabaré yo igual."

La Cita

CAPÍTULO XXXIV
06 DE MARZO DE 2016

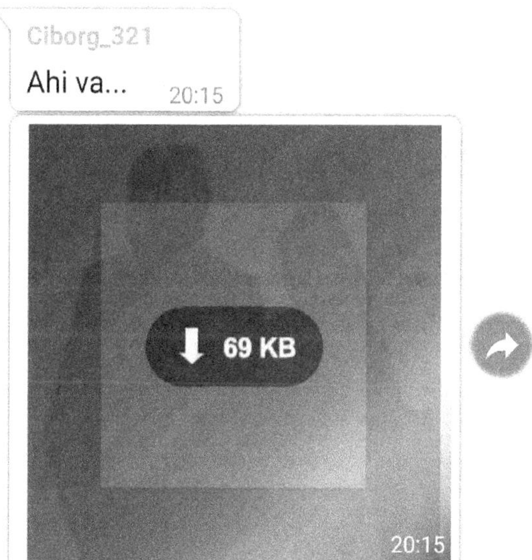

Ciborg_321

Tranquila Moon, escucha esta canción xra k te sea mas ameno 20:16

Ciborg_321

6:25   20:17

es de Luiza Possi, te encantará este cover 20:18

Cuando hice esto me di cuenta k es como el sexo, la siguiente vez el placer es distinto 20:18

Pfff, un momento, espera 20:18 ✓✓

Dioss, no parecen k estén muertos 20:22 ✓✓

Ciborg_321

Ya... esa es la idea 20:23

Como lo has hecho? 20:24 ✓✓

Ciborg_321

Lo apredi de una serie, el capítulo se llamaba el carnicero Kretel 20:25

Solo necesitas electricidad, y paciencia para conseguir la postura correcta 20:26

Pero los dejas vivos? 20:27 ✓✓

Ciborg_321

No, aunque no han sufrido si te preguntas eso
20:28

Los drogue, y los maté, asi evite k sufrieran...
20:28

Lo veo muy cruel Ciborg 20:29

Ciborg_321

x? 20:30

Estamos hablando de dos yonkis k habia en mi barrio, les kedaba ya poco, asi k no se le van a echar de menos, he limpiado la suciedad y lo he convertido en belleza
20:31

La verdad es k es bello, parecen esculturas
20:32

Ciborg_321

Y no t has dado cuenta d los detalles?
20:33

Tendría k verlo varias veces xra verlo todo, solo veo 2 personas con la mano entrelazada
20:34

Ciborg_321

Te voy a ayudar 20:35

quiero que pienses en esto 20:35

escucha la musica, mira k unidos estan, sus manos lo dicen, imaginate cuantas cosas pueden salir de esa cita 20:36

Esta tu mano junto a la mia, faltan tus labios, tu barbilla, mis mejillas, te imaginas que al final fuesemos esos dos? 20:36

x favor, no puedo verlo asi, solo veo a dos muertos en una escena que es bella si, pero me sobrepasa, 20:37

mira esto es mucho para mi 20:38

creo que no deberiamos hablar x un tiempo 20:38

Ciborg_321

Moon, me estás dejando otra vez 20:39

después de todo lo k ha pasado entre nosotros? 20:39

es k no puedo llevarlo, no puedo llevar mas muertes sobre mis espaldas 20:40

Ciborg_321

D acuerdo, no volveré a molestart 20:41

pero recuerda k estamos ahora muy relacionados tu y yo, espero k no se te olvide 20:42

La Cita

No lo olvidaré, descuida 20:42

La Cita

CAPÍTULO XXXV
06 DE MAYO DE 2016

"Querido diario, hoy ha ocurrido algo lamentable de nuevo. He matado a dos personas y lo peor es que al final he comprendido a Ciborg. Llevaba ya dos meses sin saber nada de él, necesitaba olvidarlo, pero lo peor es que no podía quitarme de la cabeza esa foto. Ha habido noches que tal y como te he dicho soñaba una y otra vez con esa escena, con mis manos llenas de sangre, y sin sentir ningún remordimiento de conciencia. Y lo peor de todo era que me gustaba. He intentado salir, enrollarme con todo lo que podía, pero día tras día seguí recordando a Ciborg. ¿Cómo es posible que te acuerdes día a día de una persona que no la has visto, que tienes una imagen distorsionada tras una conversación de WhatsApp? No lo sé, pero es así, no encontraba en ningún tío el aliciente que me estaba dando Ciborg, que más control que estar sobre la vida y la muerte que uno que puede matar y aun encima hacerlo por mí. Pero hoy he pasado de nuevo esa línea y lo he hecho de una manera inesperada. Estaba de tardeo en un pub con un chico a punto de liarme, y de eso que me he ido a por unas copas, cuando me he dado la vuelta el muy cabrón estaba enrollándose con otra tía, y no había pasado ni cinco minutos. Sé que estaba pasado de droga, yo también lo estaba, pero eso no quita que fuera a por otra en lugar de estar conmigo. Podía ver en ese tío de nuevo a Luis, y a la otra como la perra con la que se había enrollado, de pronto un impulso me iba a llevar a abroncarlo, pero me acordé en ese momento de Ciborg. Él nunca me lo habría hecho, y lo peor es que lo dejé de nuevo escapar. ¿Y si en lugar de con ese tío hubiera estado con Ciborg? Lo necesitaba,

necesitaba hablar con él, pero le había dado de nuevo plantón. Y sabía que sólo había una manera de recuperarlo, y esa era matando a esos dos cabrones, y recreando de nuevo su Cita, así que me esperé cerca de ellos para ver cuándo y dónde se iban. Sin que ellos lo supieran los fui siguiendo hasta llegar a dos manzanas del pub, esperé que entraran al portal y me colé tras ellos sigilosamente antes de que la puerta cerrara. Mientras ellos subían por el ascensor, yo subí corriendo por las escaleras hasta ver en qué piso se iban a meter. Aquellos pasillos eran muy largos y tenían distintos recovecos donde era muy fácil pasar desapercibida y más a un enfarlopado y una borracha. Cuando ya lograron meter la llave y se disponían a entrar me abalancé corriendo y pude empujar a los dos dentro del piso y empezar a increparlos. Al principio el bobalicón me dijo que qué coño estaba pasando, que si estaba celosa, que había perdido la oportunidad y que prefería mejor comer caviar que huevas. La verdad es que no me molestó, en el fondo me gustó, era una manera más de aumentar ese impulso, el buscar una excusa, y así fue como pillé lo más pesado que tenía cerca en la entrada, y de un golpe seco se lo estampé en la cabeza, la chica no sabía que hacer empezó a gritar, y a buscar un sitio donde esconderse, pero no le valió, de pronto se vio que estaba enfrente suyo y puede romperle el cráneo también con esa asquerosa figura de lo que parecía un cuerno de elefante.

Fue muy osado por mi parte, en ningún momento sopesé que estuviera viviendo alguien más en la casa, pero tuve suerte y realmente vivía en ese apartamento él solo. Cuando maté a los dos me quedé sentada mirando fijamente a ambos cuerpos, y una sensación de poder me recorrió. Era tal y como me lo comentaba Ciborg, era un poder muy sutil, un golpe de dulzura el verte más que alguien. Pero ahora faltaba terminar la obra. Cogí las llaves del tío y vine a por las máscaras y las velas que había estado utilizando en mis anteriores fotos, también cogí uno de mis mejores vestidos, quería que la Cita fuese como la suya, y volví de nuevo al apartamento donde había cometido los asesinatos. Los dos cuerpos seguían donde los había dejado, así que busqué una zona donde poder colocar a los cuerpos. Improvisé un sushi con lo que tenía aquel tío, fue complicado y más teniendo en cuenta que no tenía nada de pescado, pero no me lo iba a comer, de eso estaba segura. Vestí a la chica con mi vestido y al chico busqué algo de su armario que mereciera la pena. Intenté colocar los cuerpos, pero nada, se desmoronaban. Es muy complicado manejar el peso de dos cuerpos muertos, pero solo es cuestión de maña muchas veces, y más si lo vas rodando por el suelo en vez de arrastrarlos.

Me acordé de lo que me comentó Ciborg y cogí uno de los móviles de uno de los tíos buscando en YouTube el episodio del que hablaba. Como no tenía pistola, usé los cables de todos los electrodomésticos que tenía a mano, y así fue como conseguí dejarlos fijos a las sillas, las manos fue lo de menos. Cuando terminé la obra, una media sonrisa me apareció en el rostro, y pensé que el trabajo estaba no perfecto, pero sí aceptable para ser el primero que hacía en esas circunstancias. El problema es deshacerme de los cuerpos, creo que tendré que hablar de nuevo a Ciborg para que me eche una mano, creo que va a ser la manera de que volvamos a empezar…"

La Cita

Hola, estas x ahí? 22:46 ✓✓

Ciborg_321
Moon? 22:46

Como estás? 22:46 ✓✓

Ciborg_321
K quieres? 22:46

Ahi va eso... 22:47 ✓✓

La Cita

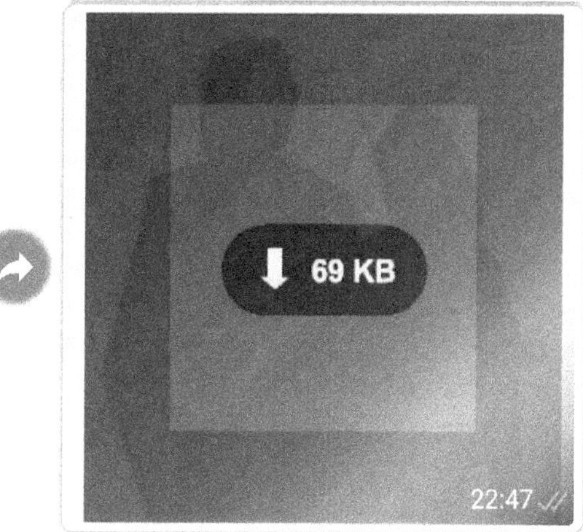

Ciborg_321

uhmmm veo k al final no t has resistido

22:48

Tienes razón, el sutil poder de matar engancha, y estar cada vez mas cerca de ti mas

22:49

T dejo un poco de musica xra no perder costumbre

22:49

Te va a gustar, es un cover de bÉLA

22:50

Ciborg_321

Sabia k estábamos hechos el uno xra el otro

22:50

Solo una cosa, tengo k deshacerme d los cuerpos, como lo hago?   22:51 ✓✓

Ciborg_321

esta vez me encargo yo de nuevo, la siguiente vez k hablemos t digo como...

22:52

CAPÍTULO XXXVI
22 DE ABRIL DE 2017 (II)

Kreine se dirigió con su Phantom a la comisaría, tal y como había quedado con Sagarra. Era una maravilla como los sábados por la tarde en Madrid podías circular por las grandes avenidas. Aunque en aquella ciudad ir en coche era deporte nacional, lo cierto es que se descongestionaba bastante el centro, principalmente porque o bien las personas habían huido de aquel enjambre humano, o bien cambiaban su colmena de pisos u oficinas, por otras más grandes llamadas centros comerciales. Así es como para Kreine fue muy fácil llegar puntual, como a ella le gustaba, al encuentro con el agente.

Sagarra le esperaba impaciente dentro de la oficina, había llegado aún un poco antes que ella ya que los asuntos familiares a los que se refería no eran otros que poder llevar a su hijo pequeño a casa de sus padres. Era uno de los tantos trámites y acuerdos que se llega tras un divorcio. Se había casado joven, pero su obsesión por el trabajo había hecho que su relación de pareja se deteriorara, y mucho, lo cual se acrecentó cuando tuvo a su único hijo. La soledad de la madre en la crianza del pequeño hizo que al final otro hombre, en este caso un compañero de trabajo aprovechara la situación para arrebatársela. "Son circunstancias de la vida" le dijo ella, "son circunstancias de tu vida, no de la mía" le contestó él. Así era por lo que necesitaba poder colocar a su hijo durante unas horas, para poder mostrar a la detective algunos detalles que había encontrado en las escenas del crimen y que no le cuadraba mucho con lo que le había dicho Kreine.

–Buenas noches ya. – dijo Kreine al entrar por la puerta– Creía que iba a llegar yo antes, pero veo que te has adelantado.

–He podido solucionarlo todo antes de lo pensado– dijo él– así me ha dado tiempo a preparar un poco lo que quería enseñarte.

–¿Vamos a estar los dos solos? ¿No está Velázquez contigo?

–Velázquez está ilocalizable desde que queda con Cristina, del laboratorio forense. Llevan ya varias semanas tonteando y esta noche parece ser que van a salir por ahí. – comentó Sagarra mientras colocaba los papeles sobre la mesa– Me dijo que iba a hacer un poco de investigación de campo porque se va a pasear por varios pubs de Argüelles, pero ya me imagino yo la investigación que va a llevar.

–Hay que entenderlo, chaval joven, cachas, hijo de quien es. Preocupaciones cero.

–Es buen chico – dijo Sagarra– pero es más carne de oficina que de calle.

–Bueno a ver lo que quieres enseñarme – cortó Kreine intentando cambiar de tema.

El agente empezó a juntar cada una de las fotografías que había hecho la forense de los cuerpos, y en especial de las zonas donde se encontraban las quemaduras producidas por los electrodos.

–Según tengo entendido – empezó a hablar Sagarra– conforme lo que nos ha comentado el asesino era muy meticuloso a la hora de realizar las escenas.

–Así es. Medía todo al detalle, y de hecho muy pocas

veces se producía diferencias en la disposición cuando una fotografía la tenía clara.

–¿Y era, zurdo o diestro?

–Según la anatomía del asesinato, y la forma que tenía de atar se dictaminó que era diestro, aunque nunca se corroboró. Las víctimas que lograron sobrevivir tampoco lo supieron con certeza, aunque comentaban que utilizaba más la mano derecha. – indicó Kreine.

– En ningún caso ambidextro, ¿cierto?

–No se puede asegurar, pero todas las pistas indicaban que era como te he comentado diestro. ¿A qué viene eso ahora? – preguntó Kreine con un cierto grado de impaciencia.

–Al principio me pareció raro lo que vi, pero asimilé que era debido a las prisas de cometer los asesinatos. No obstante cuando puse todas las fotografías de las zonas necrosadas por la electricidad, vi que de los ocho asesinados que tenemos actualmente seis de ellos que coinciden en escenarios del crimen tienen siempre las marcas en la misma zona a excepción de los encontrados en Lavapiés, que los tiene en otra zona completamente distinta. Por eso volví a mandar que me revisaran los cuerpos en los depósitos, y descubrimos una diferencia en los ángulos de incidencia de los electrodos al incidir sobre los cuerpos. En seis de ellos, en los que tiene las marcas en la misma posición tenía un ángulo de incidencia de derecha a izquierda, lo que hace suponer que el asesino era diestro para poder hacer fuerza con el arma, mientras manipulaba la extremidad con la mano izquierda, en cambio en los encontrados en Lavapiés, el ángulo de incidencia estaba justo en el lado contrario, de izquierda a derecha, lo que indica que el asesino de esas dos personas era zurdo. Es cierto que el arma del crimen hace suponer que es la misma, porque los agujeros tienen el mismo diámetro, pero atendiendo un poco a estos datos es muy posible que no estemos ante solo un asesino sino ante dos, o que al final el asesino fuese ambidextro, algo que conforme me estás confirmando no sería así. Además, da la casualidad que los cuerpos de Lavapiés no tienen ni la cara destrozada ni están apuñalados, lo que afianza que el modus operandi es distinto.

Kreine se quedó mirando de nuevo las fotografías, así como el segundo informe que había pedido Sagarra. Habían tenido delante de ellos una pista clave todo el tiempo, pero era muy normal que atendiendo a los acontecimientos y viendo la escenografía formada, podía suponerse que solo sería uno.

–¿Recuerda usted, si en la época del asesino de la Polaroid, se sopesó que actuaran dos personas en lugar de una, y es por eso que ahora estén de nuevo actuando en la actualidad al menos una de ellas? –preguntó Sagarra.

–Eso es imposible, el asesino siempre actuaba solo, y de hecho todas las marcas que tenían los asesinados eran iguales, además de que las víctimas que se salvaron siempre coincidían que era solo una persona.

–¿No puede ser que no fuese así?, estas últimas pruebas indican que los asesinatos que se están realizando en Madrid, son provocados por dos personas, y hay que tener en cuenta si ya era raro o casi imposible que hubiera un imitador, no sé por qué ahora tenemos a dos personas actuando.

–Pero ¿y si es para desconcertarnos? – indicó Kreine– No sabes la mente retorcida que tiene este malnacido. Además, es imposible que sean dos, solo era uno, estoy segura.

–Es muy complicado que lo estés, y más cuando se tardó tanto en encontrarlo en aquella época.

–Estoy segura, porque una de las víctimas fui yo y no una vez sino dos veces.

La Cita

CAPÍTULO XXXVII
21 DE ABRIL DE 2017

Velázquez y Cristina llevaban varios fines de semana saliendo. Es cierto que los casos de estos asesinatos les habían unido bastante a nivel laboral. Era esa la razón porque el tonteo en las oficinas se volvió más un pequeño rollo y aunque supuestamente no estaban comprometidos, muchas noches quedaban en la casa de uno de los dos. Se habían planteado esa noche un poco de relax, salir por ahí poder desintoxicarse de aquellas semanas locas llenas de muertes sin razón. Cristina convenció al agente para ver si buscaba a algún amigo para aquella noche. Estaba preocupada por una amiga suya que llevaba tiempo sin pareja, y la veía que estaba como perdida. Velázquez había conseguido convencerlo, pero media hora antes de salir, el amigo le había avisado que estaba enfermo, así que le tocaría esa noche no solo estar con Cristina, sino también con una tía que no conocía de nada. En alguna otra época se hubiese planteado convencerlas para un trío, aunque una de ellas fuese un callo, pero lo cierto es que se había quedado pillado de Cristina, y no iba a fastidiarla esa noche.

Ambos llegaron a una pequeña franquicia en Argüelles, dedicado en exclusiva al cerdo, era una manera rápida y, entre comillas, sabrosa de cenar, más que nada teniendo en cuenta que lo que importaba después era mojarse bien por dentro cuando acabaran aquello. Llegaron al local juntos el agente y Cristina, cuando entraron se dieron cuenta que les estaba esperando la amiga de esta. Se llamaba Alexandra. Era complicado explicar cómo dos personas completamente distintas podían ser amigas. Mientras que

Cristina, era rubia, con dos grandes ojos marrones, y más bien baja, Alexandra tenía una altura de 1,70, unos ojos azules intensos y un pelo cardado largo moreno. No solo se encontraban ahí las diferencias. Por su parte, la forense llevaba un vestido de desigual largo ceñido, su amiga vestía unos tejanos con unas botas negras, y una camisa blanca poco escotada.

La velada estaba siendo agradable, aunque al principio la chica se encontraba un poco cortada poco a poco se fue desinhibiendo, aunque no se sabe si era por el vino o porque realmente era simpática. Era algo a lo que se parecía a su amiga, y por eso Velázquez por fin entendió por qué ambas podían confraternizar.

–Bueno, ¿Y a qué te dedicas? – Preguntó el agente.

–Trabajo en una inmobiliaria– contestó Alexandra.

–Tienes que estar ahora con poco trabajo, después de la burbuja.

–No creas, parece que se está espabilando algo la cosa. En lo que llevamos de año llevo vendidos más pisos que el pasado año– dijo ella.

–Tiene que ser difícil convencer a una persona que realice un desembolso tan grande y más aún cuando ya no es un valor tan seguro como lo era antes. – intervino Cristina.

–¡Qué va!, lo bueno que tiene Madrid es que viene mucha gente extranjera a comprar. Saben que están más económicos que anteriormente y a lo mejor en la actualidad no le sacarán muchos beneficios, pero Madrid es Madrid y en un medio plazo posiblemente llegue a conseguir bastante rentabilidad – dijo Alexandra.

–Perdona que te interrumpa y cambie de tema – dijo Velázquez– ¿No tendrás por casualidad familia en Barcelona? No sé si será el vino, pero te pareces mucho a una mujer que me está amargando últimamente la vida.

–No, mi familia es toda de Madrid – dijo la chica.

–No me digas Cristina que no se le da un aire a Kreine – incidió Velázquez.

–La verdad es que ahora que lo dices, sí tiene rasgos parecidos, especialmente en lo que impone, al ser amiga no había caído, yo la veo con otros ojos.

–¿Kreine? ¡Qué nombre más extraño! – dijo Alexandra.

–Extraño el nombre y extraña ella. Nos lleva de cabeza estos meses – dijo Velázquez.

–¿Pero es una compañera de Cristina o tuya? – preguntó de nuevo la chica.

–Es una soplapollas. Aun no puedo entender cómo es posible que una civil siga mandando sobre nosotros, haya pasado lo que haya pasado.

–¿Qué ha pasado?

–¿No te lo ha contado Cristina?

–No suelo hablar del trabajo con nadie – dijo la forense–. No es muy agradable quedar con los amigos y hablar de muertos.

–Eso es cierto – indicó Velázquez– pero a lo mejor es importante aleccionarla para que tenga cuidado, no sea que se encuentre con el cabrón que anda suelto.

–¿Un cabrón? – preguntó Alexandra– no he visto nada en las noticias, ¿se trata de un violador?

–No peor aún– dijo Velázquez–. Estamos hablando de un asesino que está actuando por varios barrios de Madrid.

–¡Dios mío¡– dijo la chica– no me digas eso, como es posible que no haya salido la noticia a la luz.

–Parece ser que lo que quiere el cabrón es publicidad, con lo que se ha decidido llevar la investigación un poco en secreto, pero no tienes nada que temer siempre y cuando no vayas en pareja, porque los va matando de dos en dos para hacerles fotos – dijo el agente –. Así que te recomiendo que sigas soltera.

–¡Buff!, no creas que no, tendré que seguir conforme estoy. Pero bueno, ¿se sabe algo más?

–Es mejor que no siga– contando. Bastante que te diga que andes con cuidado, pero no te fíes de ningún hombre que te venga con buenas intenciones y más si es delgado y con cara de palomo, no te puedo decir más.

–De acuerdo lo tendré en cuenta– dijo Alexandra.

–Creo que es hora de que nos vayamos yendo a los pubs antes de que se llenen y nos empiecen a dar garrafón del bueno – intervino Cristina.

Los tres partieron a un local de Argüelles, se llamaba Chapanaz. Era único en su estilo, tenía forma de cueva, y era famoso por los cócteles que preparaban. Sonaba música actual, y aunque el reggaetón no era lo que más le emocionara al agente, a Cristina le encantaba y parecía que a su amiga también, bebieron, bailaron y rieron, no parecía para nada que una quedada al uso con una pareja y una aguanta– velas, pero a mitad de la noche Cristina empezó a encontrarse algo mareada.

– ¿Qué te pasa? – preguntó Velázquez.

– Estoy empezando a ponerme mal, nos tienen que haber puesto garrafón, porque me da un poco vueltas la cabeza.

–Yo también estoy algo mareada– indicó Alexandra– estoy con Cristina, tiene que ser garrafón lo que nos han puesto en el Gin–Tonic.

– Tendríamos que irnos, no me encuentro muy bien. – dijo Cristina– Sé que como no vaya a descansar, me voy a caer redonda, y cualquiera me levanta luego para ir a trabajar el lunes.

–Se van a enterar mañana, les voy a mandar una inspección que se van a cagar. Mirar que cortarnos así el rollo– dijo Velázquez envalentonado– Bueno vamos a abrirnos de este puto local. Os llevo entonces a vuestra casa ¿verdad?

–Sí, será mejor que nos vayamos– dijo Alexandra– agradecería que me acercaras, después de lo que me habéis comentado, me da un poco de miedo ir por ahí sola.

–No te preocupes, tengo el coche cerca de aquí. – intentó tranquilizar el agente a la chica.

– Aunque con lo que has bebido a lo mejor si me tengo que preocupar que conduzcas el coche en condiciones. – dijo la chica.

– Soy policía, chica– dijo Velázquez con altanería– controlo, aunque sea con alguna copa.

Los tres se dirigieron hacia la calle, caminaron durante unos diez minutos hasta llegar donde se encontraba el vehículo de Velázquez. El agente seguía pavoneándose delante de las dos chicas como solía hacer siempre que había mujeres, pero durante el trayecto Cristina seguía mareada, y cada vez se le iban cerrando más los ojos. A duras penas la forense pudo entrar en el coche, Velázquez conducía, mientras que la chica se puso en el asiento de atrás.

–Deberíamos llevar primero a Cristina a su casa– dijo Alexandra– necesita descansar. Alguna vez que otra le ha pasado cuando nos hemos ido de fiesta, y al día siguiente tras descansar ha estado como una rosa.

–Hazle caso, – dijo Cristina– necesito dormir cuanto antes, llévame a mi primero, Alexandra vive muy cerca de mí.

–Las damas mandan– dijo el agente de manera jocosa.

Velázquez dejó el coche en la puerta de la vivienda de Cristina, cogió a la chica en volandas, porque necesitaba tener los ojos cerrados, si no quería caerse.

– ¿Quieres que te ayude? – preguntó Alexandra– Puedo abrirte las puertas.

– Mejor, no sea que te deje aquí sola y haya algún problema.

La subida hasta el cuarto piso en ese ascensor de principios del siglo XX se hizo eterna, y más cuando está diseñado para dos personas, aunque marque cuatro. Cuando llegaron al piso, Alexandra se puso delante de la pareja, para poder abrirle la puerta y se apartó para que pasaran ellos primero. En el momento que pasaron el umbral Velázquez notó un pinchazo en el lado izquierdo del cuello que lo paralizó completamente. Su cuerpo cayó aplomo con Cristina en brazos. El peso del agente junto con lo mareada que se encontraba la forense impedía que se pudiera mover, así que después abrió los ojos viendo borroso todo lo que se encontraba a su alrededor, aun así, pudo observar como la silueta de su amiga se encontraba de pie junto a los dos, sosteniendo lo que parecía una jeringuilla en su mano izquierda.

– ¿Por qué, Alexandra? – dijo Cristina con la voz entrecortada.

– Nunca lo entenderías amiga, siento que al final seas una víctima, pero necesito buscar a mi vida un sentido.

Cuando acabó de hablar se acercó a la forense y le inyectó la sustancia de la jeringuilla en el cuello. Cuando vio que a los dos no les latía el corazón cogió las llaves del coche del agente, e inició marcha de nuevo hacia el pub donde habían estado. Se hizo ver bastante, bailando con todo aquel que pillaba a su alrededor y una vez que se dio cuenta que había dejado huella se fue en dirección a su casa. Aquella noche Moon no salía a cazar, pero al final dos presas cayeron en sus garras, por lo que se apresuró a buscar en su piso todo lo necesario para vivir su "Cita".

CAPÍTULO XXXVIII
22 DE ABRIL DE 2017 (III)

Kreine se encontraba mirando a través de la ventana de nuevo en aquel despacho de la comisaría. Estaba intentando no derrumbarse, pero se estaba dando cuenta que este caso le estaba sobrepasando. No era posible que no se hubiera dado cuenta de aquellas pruebas, y lo peor no era que no se hubiera dado cuenta, sino que en su mente las seguía negando. Sagarra tenía razón, y ella se había obcecado primero en negar que los asesinatos los hubiera hecho el que tanto daño le hizo en el pasado, así como una vez confirmado siguieran buscando otros culpables. Ella que había resuelto casos en varios países, que era una de las pocas bazas con las que contaba la inteligencia española para resolver casos imposibles, estaba siendo sobrepasada por lo que le estaba sucediendo en este. Estaba muy vinculada personalmente y le quedaba ya poco para quebrarse.

–Pau se llamaba, lo tendré siempre clavado a fuego. La primera vez fue un puto día 13 de Agosto – empezó a hablar Kreine mientras Sagarra se encontraba escuchándola de manera cauta. No había hablado desde que la detective le indicó que ella había sido víctima dos veces, y por eso ahora se confirmaba que una de las piezas claves del caso era Kreine. La máscara que la detective estaba teniendo durante todos estos días, se estaba desquebrajando y dando lugar a ser ella misma otra víctima de las atrocidades que se estaban cometiendo en Madrid. No quería forzar la máquina, ya se estaba imaginando desde que vio los asesinatos de Narváez, que la detective escondía más de lo que les estaba contando, y fue incluso después de que ella misma hablara con ellos a cerca del asesino de la Polaroid, cuando se dio cuenta que seguía callando. Sabía que tarde o temprano iba a hablar, y si aquel iba a ser el momento no quería perder ningún detalle.

—Llevábamos más de tres meses detrás de aquel cabrón. Catorce asesinatos y aún no habíamos descubierto nada sobre él, parecía que se reía de nosotros, foto tras foto, título tras título, ninguno era una prueba de imagen, fotografía recibida, muerto distinto encontrado. El problema es que al principio ves a las víctimas como un número más, no te pones en el pellejo de sus familiares, ni tampoco en el de los propios muertos, pero sólo cuando te toca, experimentas como un desgarro en tu interior. Aquel día necesitaba salir un poco antes de lo habitual, había quedado con mi novio, para disfrutar de dos días de descanso. Lo necesitaba yo, pero principalmente él. La vida se estaba haciendo insoportable en nuestra relación por culpa mía, estaba obsesionándome con aquel puto asesino y no le hacía el suficiente caso. Vivíamos en un apartamento cerca de Canet de Mar, a una hora y media en coche de Barcelona por aquella sinuosa carretera que bordeaba el mar. Nada hacía suponer que las cosas fuesen mal. Entré a mi casa, y encontré que estaban todas las persianas bajadas, no me extrañó, principalmente porque Carlos, mi novio, tenía costumbre de bajar todas las persianas cuando salíamos durante unos días. Pasé al salón central y vi una pequeña luz en la habitación donde dormíamos, lo llamé, pero no me contestaba, creía que estaba bromeando, pero cuando me acerqué a la habitación pude ver que había una vela y una mesa, y el pobre Carlos se encontraba sentado desnudo con una posición muy extraña, ahí fue cuando me di cuenta que algo no iba bien. No me dio tiempo a desenfundar mi arma, porque un golpe seco en la nuca me dejó inconsciente.

Kreine seguía quieta mirando por la ventana, su mirada no se inmutaba, parecía como si estuviera viviendo cada uno de los instantes que estaba narrando.

–Tengo lagunas a partir de ese momento, luego me confirmaron que estaba bajo los efectos de un anestésico, lo que si es cierto es que delante de mí tenía a mi novio y como una serie de sonidos de obturador iban sonando de manera intermitente pero constante. Mi mirada estaba nublada, pero podía ver como vertía una especie de líquido que le iba cayendo por su torso desnudo, luego resultó ser sangre de cerdo, y como la sombra de ese cabrón se iba moviendo por la oscura habitación alumbrada por la llama tenue de la vela. Era un auténtico enfermo se notaba cómo estaba disfrutando de ese momento, de cómo su respiración se aceleraba y alguna pequeña risa de emoción le salía de ese asqueroso cuerpo. De vez en cuando yo perdía la conciencia, y volvía a recuperarla, no sabía si estaba soñando o estaba con los ojos abiertos viendo a mi novio allí plantado enfrente mío. Varias imágenes aparecieron delante mío que parecían extremadamente reales, mi madre fue una de ellas, que llevaba mucho tiempo muerta, distintos compañeros de la academia, los asesinados por este cabrón, incluso una niña pequeña que me acarició la cara. Fue curiosa esa imagen porque incluso pude notar como me tocaba, aunque cuando logré realmente despertar, fue en una cama del hospital y quien me acariciaba no era otro que mi pobre padre.

Kreine no aguantó más y sus ojos empezaron a humedecerse. Llevaba muchos años intentando olvidar ese episodio de su vida, pero lo cierto es que esa puerta nunca se había cerrado, y mucho más ahora que todo se estaba repitiendo.

–Si no quieres hablar más Kreine lo entiendo – dijo Sagarra–. Tuvo que ser muy duro y más ahora recordarlo.

–No, prefiero que conozcas todo, además creo que debemos conocer mejor porque ahora este o éstos están realizando estas atrocidades. – Kreine se secó las lágrimas con las manos y volvió a ponerse seria, sin establecer contacto visual con Sagarra para evitar desmoronarse de nuevo– A partir de ese momento la pesadilla se acrecentó, las fotografías llegaban a comisaría siempre con la misma foto. En ella se repetía la escena que se repite ahora, y esta vez se evitaba que apareciera la cara de los asesinados, sino que en cambio estaban cubiertas con máscaras apareciendo en una de ellas mi cara, y la otra cara siempre en blanco. La foto que os enseñé fue la primera que mandó que no aparecía yo en ella. Al llegar siempre nos encontrábamos que la escena del crimen era la misma, esa maldita "Cita", dos personas cogidas de la mano, y siempre una cinta de casete con solo una canción grabada, la nueva de los Guns "Don't cry". Por desgracia el tiempo que estuve retenida no pude verle la cara, el anestésico que me dio era muy fuerte, todo estaba nublado, por eso era imposible que lo identificase. Me intentaron apartar del caso por lo que había pasado, pero yo me negué, la rabia que tenía por dentro era mucho mayor que el miedo que sentía, además, el hecho de que pusiera mi cara en aquellos cadáveres, me daban más fuerza para pillarlo.

–¿Y cómo lograsteis encontrarlo? – preguntó Sagarra.

–Me tuve que poner de cebo. Se notaba que a quien buscaba era a mí, que quería algo, y tenía que descubrirlo si no quería que las muertes siguieran aumentando. El CNI, me monitorizaba en cada momento, ten en cuenta que ahora con los teléfonos móviles es muy fácil, pero estábamos hablando del año 92, parecía ciencia ficción. Me tuvieron que poner un pequeño emisor de frecuencia, que emitía una señal con una distancia de cinco kilómetros a la redonda. Era arriesgado, pero no había más remedio de intentarlo. – la detective paró un momento para respirar hondo– De vez en cuando me despierto en la noche y recuerdo como me secuestró la segunda vez. Solía irme de noche a la playa exponiéndome, dos agentes siempre se quedaban a una distancia prudente para que no sospechara, y nada, parece ser que conocía ese señuelo, por eso una de las noches que ya no esperara que apareciera, llegué a mi piso, y fue allí donde tras la puerta me esperó. Caí redonda al aplicarme cloroformo. A la mañana siguiente, me encontraba en una habitación oscura, iluminada de nuevo por una vela, pero a diferencia de estar inconsciente o sin poder notar mis extremidades, aquella vez si podía hablar, mover la cabeza, todo aquello que no tenía atado, porque el muy cabrón quería que estuviera así, atada.

–¿Supiste la razón del porqué de ese cambio? – preguntó el agente.

–Sí. Esa vez no se tapó, sino que fue de cara hacia mí, se veía con fuerza, desafiante. Me había cambiado toda la ropa y me había puesto de gala, él igual, iba con un traje chaqueta. Sentado delante de mí estaba cortando parte de su cena mientras intentaba entablar una conversación. Sabía muy poco sobre mí, el nombre y que era policía, pero poco más o eso me daba a entender. Entonces empezó a decir que había estado viviendo sin rumbo, sin una ilusión hasta que me crucé en su camino, hasta que me vio, y que se había enamorado de mí. ¡Será cínico! Enamorado decía cuando estaba matando a personas solo por su propia diversión. Me pidió perdón por tenerme allí, pero decía que me acostumbraría a vivir con él. Me acuerdo que yo gritaba, pero se notaba que nadie me iba a oír. Tenía miedo que la ropa que me había quitado estuviese lejos de donde estaba, porque dentro estaba el localizador, y sin él nadie me iba a encontrar, ¡menos mal que fue uno de los pocos errores que cometió! Quería tranquilizarme, intentar engañarlo, pero era imposible, no podía, mucha rabia tenía yo dentro para lograrlo. Aunque llegó el momento que mi razón pudo a mis ganas de matarle y le pedí agua. Era una manera de entablar un lazo con él y lo conseguí. Pude sacarle su nombre, cuál era su medio de vida, y fue cuando empezó a encajar el hecho de que fuese matarife de lonja, sabía cómo era el proceso de aceleración del rigor mortis en los tejidos. Su ilusión desde pequeño había sido ser fotógrafo, pero la disciplina férrea de su padre le había hecho que heredara el oficio de su progenitor. Eso le había hecho estar atormentado. Estuvimos hablando así durante unas horas, él me contó parte de su vida, y yo le dije lo que quería oír. Hubo un momento en el que me dijo que necesitaba salir un momento de la habitación, porque tenía que enseñarme algo. En ese momento fue cuando logré liberarme, aunque los nudos eran bastante fuertes, el butacón de madera no lo era tanto, y pude estamparlo contra una de las paredes de ladrillos de hormigón que me rodeaba.

–¿No temiste que te escuchara? – dijo Sagarra.

–No tenía tiempo a plantearme si me iba o no a escuchar. No obstante, ese imbécil había puesto la música muy fuerte, "Don't cry" de Guns N'Roses, ahí entendí por qué nos dejaba siempre una cinta, y por eso desde ese momento la odio. Podía decir que estaba en un punto que no sabía si mis compañeros me habían o no localizado, con lo que tenía que escapar de allí cuanto antes, ya que podía salir con vida de allí, tenía toda la información necesaria para poder pillarlo después. Me escapé de aquella habitación, se notaba que el asesino estaba acostumbrado a matar una vez encontrado el cuerpo, nunca se había planteado retener a una persona por mucho tiempo, porque no cerró ninguna de las puertas. Intenté caminar de manera sigilosa y descalza, por aquella nave industrial, buscándolo con la mirada. Era ya de día, y tenía que tener mayor cuidado si no quería que me viese. No pude encontrarlo parecía como si hubiera abandonado el local, pero de pronto justo al lado de la puerta que había dejado, se oyó unas pisadas. Era él, estaba en uno de los aseos colindantes, pude abrir la puerta hacia la calle cuando escuché que me gritó para que me parara. Logré salir y empecé a correr por uno de los caminos, parecía que era el de salida porque había rodadas de vehículos, corrí sin mirar atrás, y sin ver si me perseguían. De repente cuando pasé por al lado de uno de los árboles frondosos que había a un lado del camino, noté como me agarraron del brazo y me taparon la boca. Me quedé paralizada, creía que era de nuevo el asesino, pero no fue así, era mi compañero Marc, que había llegado gracias al localizador que llevaba en la ropa. A partir de aquí el resto de la historia es la que ya os conté.

Kreine se paró un momento, su mirada ya no estaba perdida en el horizonte de Madrid que se podía ver a través de aquellas ventanas. La detective empezó a dirigirse con la mirada fija a Sagarra y empezó a hablar.

–Veinticinco asesinatos, la persona más metódica que haya podido ver en mi carrera, y no se deshizo de mi ropa. Siempre he pensado que se quiso entregar, y cometió ese error a propósito, siempre pensé que había conseguido todo incluso "La Cita" que tanto ansiaba conmigo. Pero no pensé en ningún momento que volviera actuar, y aún menos que esta vez tenga un cómplice para realizar todos estos asesinatos. Va a venir a por mí lo sé, y necesitaré tu ayuda por si me pasara algo. Por favor descárgate esta aplicación en tu móvil….

La Cita

CAPÍTULO XXXIX
24 DE ABRIL DE 2017 (I)

24 DE ABRIL DE 2017

Ciborg, stas x ahi?   10:01

Creo k estamos jodidos...   10:02

Ciborg_321

Como?   10:02

K me cuentas?   10:02

Mira   10:02

La Cita

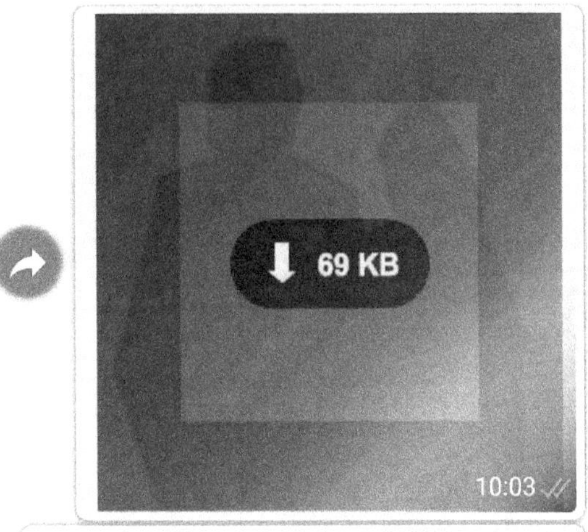

no t mando música esta vez 10:04

Ciborg_321
No veo nada raro 10:04

es de tus mejores citas 10:04

he matado a 1 policia 10:04

Ciborg_321
Diossss, xro como se t ocurre? 10:05

estas loca 10:05

Han descubierto los asesinatos 10:06

Ciborg_321
Y tu como lo sabes? 10:06

La chica era amiga mía 10:06

y su novio el policía k lleva la investigación

10:07

Ciborg_321

Cuando fue esto?

10:07

el viernes d madrugada, no t he avisado antes xq queria solucionarlo xro no he sabido como

10:08

Ciborg_321

t has deshecho de los cuerpos?

10:08

Se me hizo d dia, no pude

10:08

Ciborg_321

buffff esto no pinta bien

10:09

k hacemos?

10:09

Ciborg_321

tenemos k vernos ya, y marcharnos de aqui antes de k empiecen a investigar mas

10:09

Cuando? donde?

10:10

Ciborg_321

te aviso con un mensaje xro a un tfno nuevo, no tienes k levantar sospechas

10:11

deshazt d ese tfno k nos de tiempo a escapar

10:11

cogete uno de prepago y me avisas con el nuevo número

10:11

Xro con ese tfno tb van a tener mi nombre

10:12 ✓✓

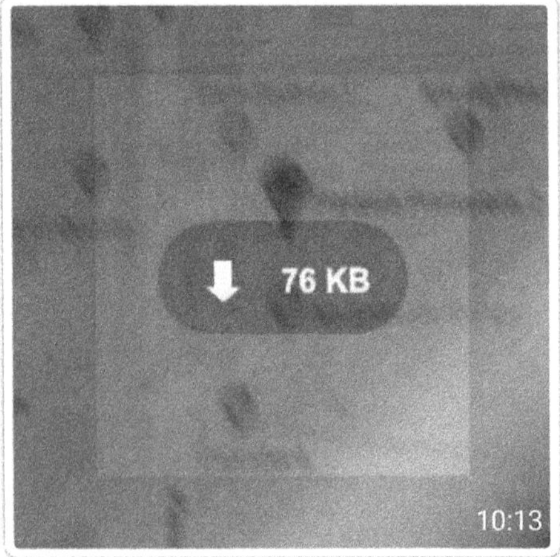

Dile k vas en nombre de Ciborg saca todo lo k puedas en metálico. tendremos k empezar d cero

10:15

t mando un mensaje en cuanto consiga el tfno

10:15 ✓✓

CAPÍTULO XL
23 DE ABRIL DE 2017

"Hola Diario, anoche cometí una verdadera atrocidad, maté a mi amiga y a su novio solo porque sabían lo que estábamos haciendo Ciborg y yo. Podía haber cogido, y haber fingido que no era yo de quien hablaban, como lo hice en toda la cena y mientras salimos, pero me pudo el miedo. El miedo a que me descubrieran, el miedo a la cárcel, pero principalmente el miedo a perder la oportunidad de estar con Ciborg. No es amor lo que siento por ese tío, es dependencia por estar con alguien que me entiende. No puedo amar a uno que no veo, pero sí a que sus actos me gusten, a ver que un salto que creía que no iba a dar en la vida, lo di. Y lo principal, a no ser una incomprendida.

Anoche cuando salí no me imaginaba en absoluto que iba a matar a nadie, de hecho, estaba de aguanta–velas, y posiblemente iba a conocer a un baboso amigo del policía, pero de pronto algo en mí se rompió cuando me enteré que nos habían pillado en algunos asesinatos. Yo sabía que alguno de Ciborg y el último mío se había dejado a los cadáveres en su sitio sin deshacernos de ellos, pero no sabía que estaban tan cerca. Ellos solo pensaban en un culpable, y no me quiero imaginar si llegan a descubrirme, porque posiblemente Ciborg hubiera desaparecido."

Cuando llegué a casa de Cris, fue cuando esos nervios desaparecieron, sabía cuál era su final, pero me di miedo a mí misma, no tuve compasión con una amiga de toda la vida, en ese momento solo podía pensar en cómo tapar todo eso y que mi mundo, mi historia, no se desvaneciera. Así que fue por esa razón por la que volví al pub donde habíamos estado, tonteé con los camareros, derramé alguna copa, y dejé que me vieran.

Ahora me encuentro en un callejón en la que solo hay una luz y es huir, así que tendré que volver de nuevo a ponerme en las manos de Ciborg, y quién sabe, a lo mejor por fin lo conozco."

CAPÍTULO XLI
24 DE ABRIL DE 2017 (II)

La mañana del lunes, Kreine se encontraba con otras fuerzas distintas a las que había estado ese fin de semana. Parecía como si haberse desahogado con Sagarra le hubiera servido para replantearse de nuevo el caso. Por eso quería empezar cuanto antes aquella mañana. Se enfundó de nuevo en su cazadora roja de cuero y fue en dirección a comisaría. Normalmente, no solía tardar mucho en llegar, pero aquel como cualquier otro lunes, el tráfico era caótico. Eso hizo que llegara veinte minutos más tarde, así cuando aparcó la moto, aceleró el paso para que los agentes no la esperaran más.

Entró en la oficina, pero solo encontró a Sagarra.

– ¡Buenos días! – dijo Kreine– Perdonad la tardanza.

– Buenos días. No eres la única que ha llegado tarde. Velázquez aún no ha aparecido– afirmó Sagarra– Tiene que haber un tráfico horrible, hoy en Madrid, menos mal que me pillé un apartamento cerca de comisaría.

– Está bien. He estado dándole vueltas a lo que descubrimos el sábado, y tendríamos que cambiar los perfiles que hemos barajado hasta ahora. Atendiendo un poco a lo que descubriste, si son dos personas distintas, tiene que haber un líder y un sumiso. Sólo tendríamos datos del asesinato de Lavapiés para el segundo asesino o asesina. Supongo que no podemos especificar género por el momento con lo que dejamos en stand–by pero lo que está claro que el líder no sería él, sino el asesino de Polaroid, que le inculcaría la manera de realizar los crímenes.

\- ¿Piensas entonces que es tan fácil engatusar a alguien para que cometa este tipo de crímenes? – Preguntó Sagarra– He visto cosas extrañas en mi carrera, pero sería la primera vez que me encontraría a dos locos cuando ya es difícil encontrar solo a uno.

\- Posiblemente esta segunda persona ya estuviera o bien desequilibrada, o sea una persona que haya sido ignorada durante mucho tiempo y encuentre en este ser a una persona que le escucha. Le dará seguridad en algo o se sentirá con un poder que antes no tenía. Eso es lo malo cuando pasas de un lado al otro del crimen.

\- Haces como que pasar de un lado al otro de la línea fuese muy fácil. Aunque viva en Madrid, sigo pensando que dentro de las personas siempre existe algo de humanidad. ¿Qué nos diferenciaría entonces de un animal, según lo estás planteando?

\- Poco nos diferencia Sagarra– dijo Kreine con una mirada penetrante a los ojos del agente– Somos como perros domesticados que nos han puesto una serie de normas, donde el amo no es otro que los poderes fácticos que nos rodean. Solo cuando el perro muerde, le llamamos malo, pero no nos damos cuenta que posiblemente es que estamos alterando su propia naturaleza. Lo mismo le pasa al hombre, aquel que se adapta las normas le llamamos civilizados, y normales, pero existe algunos que su naturaleza es más animal que otra cosa.

\- Un poco negro ves el panorama para esta sociedad. – dijo Sagarra intentando no buscar sus ojos.

\- La verdad es que sí, es una mirada un poco pesimista, pero el tiempo me está dando la razón, cuanto menos severas son las penas, cuanto más se piensa en la bondad y en el civismo del ser humano, más casos de criminales aparecen. No obstante, es solo mi opinión– Kreine paró un momento y miró el reloj– Creo que sé de una persona que se ha dormido hoy, sería conveniente que llamaras a Velázquez a ver si viene, me gustaría que fuésemos a ver los informes con Cristina, para ver si hay más diferencias entre los dos asesinos.

    – Voy a llamarlo a ver si le queda mucho. – Sagarra, empezó a marcar el teléfono y esperó– Buzón de voz, no me lo coge.

    – Entonces vayamos a hablar directamente con Cristina, a ver si podemos ver los informes.

    – Un momento que llame a su departamento, no sea que esté en medio de una autopsia de otro caso– Sagarra llamó a la forense, al otro lado se puso una compañera– Buenos días, ¿podría hablar con Cristina?... sí…. sí entiendo… Vale coméntale cuando llegue que llame a mi teléfono personal… correcto, muchas gracias. – Sagarra colgó el teléfono con la cara un poco más extraña que cuando habló de Velázquez– Parece ser que tampoco, está.

    – ¿Y esa cara? – preguntó Kreine.

    – Conozco desde hace poco a Cristina, de hecho, es nueva en su puesto, pero tengo entendido por medio de Velázquez, que odia llegar tarde o faltar a su puesto de trabajo. Y lo más raro de todo es que tampoco ha avisado a sus compañeros. Vamos a hablar con el Comisario a ver si sabe algo de su hijo. – Sagarra marcó ahora el teléfono del comisario– Buenos días señor Comisario, me gustaría preguntarle ¿le ha comentado algo el agente Velázquez de si iba a venir o tenía algún problema?…. sí… sí…no, no ningún problema, es que me parece raro que no haya llegado aún… ¿Con Cristina?, no tampoco he podido contactar con ella, es que no está,… seguro, seguro, que se han dormido, nos acercamos entonces a la casa de ella…. Sí, sí, no se preocupe, en el momento que sepamos algo le avisaremos,. Sí, sí de su parte, yo se lo diré– El agente colgó el teléfono– Supuestamente está en casa de Cristina, no sabe nada de él desde el sábado.

– ¿Y qué te ha comentado que le digas? – preguntó Kreine con curiosidad.

– Que sería conveniente que se centrase más en su carrera, y menos en donde la mete. – dijo Sagarra de manera jocosa– Tenemos que ir a la casa de Cristina, voy a mirar en su ficha la dirección y nos acercamos.

Sagarra siguió intentando llamar a Velázquez mientras iban a casa de la chica, pero seguía sin contestar. El tráfico era catastrófico, tal y como había comprobado antes la detective, pero mayor era la desesperación por parte de Sagarra, cuando veía que se estaba haciendo eterno llegar a la casa de Cristina.

Llegaron a los veinte minutos de haber salido de la comisaría, llamaron insistentemente al telefonillo de la casa, pero no recibieron respuesta, así que decidieron subir, pidiendo acceso por medio de otro vecino. Tras llegar al piso de la forense, siguieron llamando insistentemente pero no recibieron respuesta. El agente, llamó de nuevo a Velázquez y algo le inquietó, un teléfono empezó a sonar dentro del piso. Marcó entonces el teléfono de Cristina, y ocurrió lo mismo, otro teléfono con sonido diferente sonó también dentro del piso. Kreine empezó a desesperarse, con lo que empezó a dar vueltas por el rellano de la puerta hasta que algo le llamó la atención. En una de las esquinas pudo ver como una pequeña caperuza de una jeringuilla, con lo que Kreine empezó a ponerse nerviosa.

– Esto no me huele bien, tendríamos que entrar cuanto antes – dijo Kreine nerviosa–. Aunque sea, echa la puerta abajo, mejor pecar por exceso que por defecto.

Sagarra la miró un poco extrañada, no quería armar un escándalo excesivo en casa de compañeros, pero las palabras de la detective le hacían tener una duda razonable de que algo no estaba siendo normal. El agente le dio una patada a la puerta y ambos entraron apresuradamente. Al entrar se dieron cuenta que algo iba mal, las ventanas seguían bajadas, y parte de la ropa se encontraba por el suelo. Tanto el agente como la detective empezaron a llamar a Velázquez, como a Cristina, pero no encontraron respuesta. Se adentraron por un largo pasillo hasta llegar al salón, allí se encontraban ambos compañeros. Se notaba que habían sido asesinados de la misma manera que los otros por el escenario del crimen, pero ambos cuerpos estaban sin la rigidez que se apreciaba en otros cuerpos, lo que denotaba que posiblemente llevaban más de un día muertos.

Sagarra se quedó congelado al ver a su compañero, no podía creerse lo que estaba pasando. La cara sobre la mesa, con los ojos abiertos de Velázquez se le estaba clavando en su mente, y no le dejaba reaccionar. El cuerpo de Cristina también se encontraba tendido sobre la mesa, él único vestigio que quedaba con respecto a las otras escenas, eran las manos entrelazadas entre ambos muertos y rastros de cera.

– ¿Estás bien? – le preguntó Kreine a Sagarra

– Podría decir que sí, pero no es cierto, necesito salir. ¿Puedes encargarte de llamar a que vengan refuerzos, y la científica? Se me haría muy cuesta arriba explicarle a su padre todo ahora mismo.

– De acuerdo, yo me encargo.

La Cita

El agente salió del salón en dirección al rellano de la puerta, en su carrera había visto de cerca varios asesinatos, e incluso algún balazo a algún compañero, pero ahí se dio cuenta que no estaba preparado para distintas imágenes.

CAPÍTULO XLII
25 DE ABRIL DE 2017 (I)

La autopsia de ambos cuerpos lo confirmaba. El modus operandi del asesinato era el mismo que en caso de Lavapiés, aunque no se hubieran encontrado a los dos cuerpos en posición sentada. El rigor mortis había ya pasado, fijándose así la fecha del crimen la madrugada del Viernes al Sábado.

Kreine tuvo que tomar las riendas de este caso. El padre de Velázquez había hablado con ella seriamente, y dolido y tras unos cuantos desdenes, se dio cuenta que la única que podía ahora llevar ese caso adelante era ella. No podía confiar en que Sagarra pudiera ser imparcial, por el tiempo que habían sido compañeros, y él mismo no se encontraba con fuerzas, con lo que le pidió a la detective que intentara por todos los medios encontrar al asesino cuanto antes. Kreine, no le indicó en ningún momento que estaban sospechando que posiblemente fueran dos personas, no quería que en esos momentos el inspector se encontrara más confuso de lo que estaba, así que empezó a pedir las cámaras de seguridad que se encontraran cerca del apartamento de Cristina, o en las manzanas que se encontraran anexas al mismo. Pidió que se le entregara cuanto antes el informe forense y empezó a revisar las marcas de punción que tenían los cuerpos. Las marcas eran más parecidas al caso de Lavapiés que a los otros dos, con lo que cayó pronto en la cuenta que cada vez era un asesino distinto alternativo el que realizaba los crímenes. En el momento que iba a empezar a visualizar los vídeos apareció Sagarra por la puerta. El Comisario le había indicado que se tomara unos días, pero él no podía, había ido a su casa a tomarse una ducha fría y a intentar a poner sus pensamientos en orden.

–¿Qué haces aquí? – le preguntó la detective– Tengo entendido que te han dicho que estuvieras un tiempo fuera.

–La verdad es que no puedo, necesito acabar con esto cuanto antes – le indicó Sagarra.

–Te comprendo – Kreine se hizo a un lado en la mesa mostrándole un sitio para poder sentarse a su lado–. No lo tomes como algo personal, es un consejo que te doy.

–Entiendo.

Un silencio entre los dos se alargó durante unos segundos, Kreine seguía mirando los informes, mientras Sagarra se quedó bastante tiempo mirando la silla donde solía sentarse su compañero.

– He podido contactar con todas las amistades de Cristina a excepción de una de ellas– indicó Kreine intentando cortar ese silencio–. Antes que me preguntes de donde he sacado los contactos, estuve revisando sus WhatsApp, da la casualidad que la persona con la que quedaron esa noche es con la que no he podido contactar. En el caso de Velázquez, ha sido más fácil, la mayoría de sus contactos son compañeros de policía. Estoy esperando las imágenes de las cámaras de seguridad cercanas al piso de Cristina a ver si vemos algo fuera de lo normal.

– ¿Y si no encontramos nada?, estoy harto de dar tumbos de aquí para allá, seguir pistas falsas y no saber dónde encontrar a ese o esos cabrones. Estamos siendo las marionetas de un diabólico juego, y solo te tenemos a ti como un eslabón perdido, y creo que tú estás aún más perdida.

– Te tengo que dar la razón, esos cabrones están jugando con nosotros, y estoy bastante perdida con el caso, pero solo sé una cosa de mi vida revuelta con ese tipo de calaña, que siempre se equivocan, y ahí estamos nosotros para esperar esa equivocación.

Sagarra se quedó mirando a la detective Gallur, y bajando los ojos les dio la aceptación a sus palabras. Luego empezó a repasar con ella todos los informes y las declaraciones que había conseguido Kreine de los conocidos de estas dos últimas víctimas. A las dos horas, un agente les entregó las imágenes de las cámaras anexas. Aunque normalmente los trámites burocráticos para conseguir dichas imágenes eran numerosos, se había acelerado todo bastante al ser compañeros y ser uno de ellos el hijo del comisario. Tanto la detective como el agente empezaron a revisarlas rápidamente, hasta que encontraron una cámara de tráfico que se encontraba justo enfrente del piso de Cristina. En ella aparecían los dos compañeros, junto con una tercera persona que parecía una mujer. Al cabo de un tiempo vieron como la mujer salía y cogía el coche de Velázquez. Poco después la mujer volvía de nuevo, aunque avanzando rápidamente la grabación se dieron cuenta que volvía a dejar el piso cogiendo de nuevo el coche del agente, ya no volvieron a encontrar ninguna imagen de ella. En ese momento se dieron cuenta que uno de sus asesinos en verdad era una asesina.

Tras ver esas imágenes llamaron rápidamente a los mejores amigos de ambos, a ver si era posible conocer quién acompañaba a los asesinados. Por la parte de Velázquez supieron que no tuvo ningún acompañante esa noche, pero a la amiga de Cristina si la reconocieron al momento, confirmándose así las sospechas de Kreine. Era Alexandra, la amiga de Cristina con la que no había podido contactar.

Habían encontrado por fin una pista fiable, y

posiblemente a la autora de todo esto, con lo que comenzaron a recopilar la información sobre ella: dirección, trabajo, entorno. Su primer impulso fue ir a detenerla, pero reconocieron entonces que lo mejor era esperar y coger a los dos asesinos y evitar que esta avisara a su cómplice y pudiera escaparse. Por la información que habían sacado de Alexandra no parecía tener ningún vínculo con el asesino de la Polaroid, pero por otro lado se encontraba algo preocupada porque aún no tenía la completa seguridad de que el fantasma del asesino de su pasado no se le apareciera de nuevo.

Por dicha razón, y para afianzar la captura, pensaron en realizar jornadas de vigilancia debajo de la casa de Alexandra, de esa manera podrían seguir todos los pasos que ella pudiera realizar. En paralelo dos agentes repasarían los últimos movimientos de los dos compañeros asesinados, para así establecer qué pasó en las últimas horas.

CAPÍTULO XLIII
25 DE ABRIL DE 2017 (II)

Investigar tiene su lado bueno, pero la vigilancia no era la mejor parte de ella. Ya de por sí estar cinco horas sentado en un coche se hacía largo. Se acaban las historias para contar, los momentos que compartir, pero aquella vigilancia, era muy distinta. Estaba muy reciente la muerte de unos compañeros para que aquella velada fuese de por sí agradable, los silencios cortaban, y las miradas perdidas al infinito era parte de esa terrible rutina.

–Deberíamos irnos a descansar y dejar que otros compañeros nos releven, – le indicó la detective Gallur– así podríamos estar más frescos y afrontar la investigación en mejores condiciones.

– Vete tú si quieres– le indicó Sagarra–, yo, aunque me fuera no podría dormir. Así que yo me quedo.

– Bueno creo que no es lo mejor que pueda hacer, no obstante, si tú no te vas, prefiero quedarme contigo, al final estamos en esto juntos ¿no? Si quieres nos vamos a tomar un bocado para coger fuerzas. – le indicó Kreine.

– Vete tu primero– respondió el agente– tengo aún el estómago cerrado. Cuando vengas tú iré a tomar un bocado.

– Como veas. Yo si lo necesito, ahora vuelvo.

Kreine, no quería separarse mucho de la zona donde se encontraba Sagarra, por si necesitara de su ayuda, por lo que, se metió en un local llamado La Croissanterie. Era un pequeño local con solo unas tres mesas, con un ventanal que le daba una visión de la calle que estaban vigilando. En aquellos momentos estaba vacío, pero era normal, eran las 20:00 de la noche y les quedaba ya poco para cerrar. Pidió dos croissants uno normal y otro relleno de chocolate, junto con un café con leche. No era la mejor hora para comerse aquello, pero sabía que la noche podría ser larga y reponer fuerzas era prioritario. Al salir compraría algo al agente, porque por lo poco que lo conocía, posiblemente no iría a tomar un bocado si no se lo llevaba al coche. Mientras le preparaban todo, se acercó al aseo, para poder refrescarse un poco. A su salida vio que otra persona había entrado al local.

– ¿Qué casualidad qué haces aquí? – preguntó Kreine sorprendida al ver quién estaba allí. Era Meri, que estaba sentada en una de las mesas de aquel local, tomándose un zumo natural de naranja.

– Por Dios, ¿cómo es posible?, mira que Madrid es grande y para nosotras es como si fuera un pañuelo. ¿No me estarás siguiendo? – Dijo Meri con cara jocosa y sonriendo.

– La verdad es que podrías ser una de las protagonistas de mi libro y para ello tengo que tener información tuya, pero tan menuda, es complicado en una España donde estar entrada en carnes era lo normal, pero bueno ya se me ocurrirá algo. ¿Y bueno no me has respondido, como están tan lejos del Retiro?

– Tenemos vida fuera de la Uni– dijo Meri mirándola con extrañeza de arriba abajo– y que mejor manera que tomarte un descanso con una amiga. A ver si baja, y nos damos una vuelta para quemar el Madrid de este martes negro. ¿Y tú que haces aquí?

– ¡Siguiéndote! – dijo Kreine mirándola con una pequeña sonrisa– Es broma, estoy esperando a un editor, pero tengo pocas esperanzas que venga, porque ¿a quién se le ocurre citarnos cuando casi va a cerrar esto?

– Le gustará vivir al límite– dijo Meri con una media sonrisa–. En Madrid hay que coger tiempo de todos los sitios, y ya no hay que pensar solo en las horas que se trabaja, sino también en las que te desplazas. Me juego el cuello a que este editor vive por aquí cerca y aprovecha la vuelta a casa para poder citarse contigo.

– Posiblemente –Kreine hizo un descanso, y prosiguió hablando–. Siéntate en mi mesa si quieres, mientras llegan nuestros acompañantes, así se nos hace la espera más corta.

– De acuerdo, aunque creo que mi acompañante no tardará mucho. Déjame que entre un momento al aseo y ahora me siento contigo.

Kreine y Meri estuvieron hablando durante media hora mientras esperaba Meri a su amiga, aunque esta no apareció. La verdad es que Kreine veía en cierto modo en esa chica una válvula de escape, una manera de olvidarse tanto de los momentos actuales, como de los recuerdos que le venían del pasado.

El personal del local estaba ya nervioso, limpiaban de una manera rápida todas las vitrinas, la hora de cierre estaba llegando, pero tenían prohibido indicarles a los clientes que dejasen el local, principalmente por temas de fidelización. Así que ambas al ver que ya estaban sobrando decidieron dejar aquel lugar, no obstante, Kreine se acercó a la barra para pagar y pedirle algo para su compañero, mientras tanto, Meri se quedó en la mesa esperándola. Kreine cogió el pedido para Sagarra, a la vez que cogió lo que le había sobrado, bebiendo el café de un sorbo. Las dos se levantaron de la mesa y se acercaron hasta la puerta. Kreine miró hacia donde se encontraba su compañero, y vió que no se había movido el coche de allí, decidió seguir hablando con Meri en la puerta para así disimular lo que le había contado.

Al cabo de cinco minutos de estar hablando, Kreine empezó a notar un poco de malestar, estaba sintiendo nauseas. Al principio ella lo achacó a los días de ajetreo que llevaba, pero de pronto se dio cuenta que algo no iba bien, empezó a tener visión borrosa, viendo como Meri se acercaba a ella preguntándole que le pasaba. A partir de ahí todo se oscureció.

CAPÍTULO XLIV
25 DE ABRIL DE 2017 (III)

25 DE ABRIL 2017

662236XXX

Soy Luna Ciborg, perdona k haya tardado, xro ayer fui tarde a x el tfno nuevo, xro no me lo querian dar, stas x ahí?

17:23

Ciborg_321

Hola moon, lista? tienes el dinero?

17:24

662236XXX

Si, he cogido todo lo k tengo

17:25

K hacemos ahora

17:25

Ciborg_321

Me paso ahora x ti, donde vives?   17:26

662236XXX

En Chamberi, Andrés Mellado 12   17:26

Ciborg_321

No salgas d tu casa hasta k te avise,
tengo k ver k no haya policía abajo
                                                    17:28

662236XXX

como t voy a conocer?   17:29

Ciborg_321

No te preocupes, cuando bajes t lo
diré, quiero k por lo menos haya algo de
magia, aunke nos hayan jodido la cita
                                                    17:30

662236XXX

Ohhh, 😍😍😍   17:30

Eres un amor   17:31

Ciborg_321

Nos vemos en 1 rato   17:31

662236XXX

😗😗😗   17:31

· · · · · · · · · ·

Ciborg_321

Moon, tienes la calle llena de maderos

20:00

662236XXX

20:01

K hacemos

20:02

Ciborg_321

Dejame k me libre de ellos, xro xra
evitar k una camara nos grabe subiendo
al coche haz lo k yo te diga

20:02

662236XXX

Dime

20:03

Ciborg_321

T mando las coordenadas de un lugar
para escapar, pasat dentro de 3 horas

20:04

La Cita

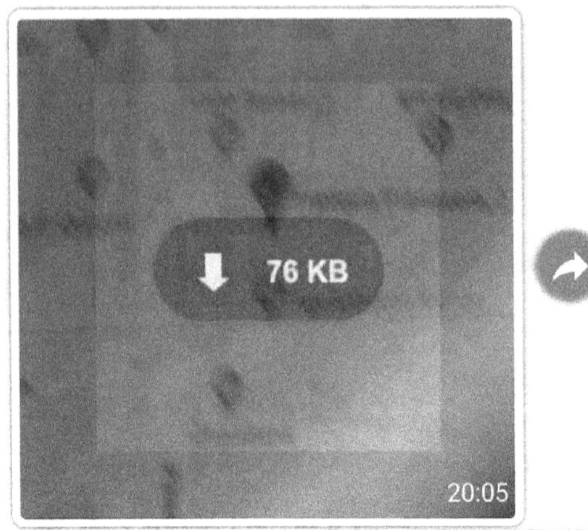

76 KB
20:05

662236XXX
Es segura?
20:06

Ciborg_321
Es segura, xro nos iremos pronto
20:07

662236XXX

20:08
Nos vemos wapo
20:08

Ciborg_321
T espero, x fin nos veremos, va a ser
genial
20:09
Es nuestro momento
20:10

662236XXX

20:10

CAPÍTULO XLV
25 DE ABRIL DE 2017 (IV)

"Buenas noches diario, creo que es la última vez que hablo contigo. Después de tantos años juntos tengo que dejarte aquí porque hoy empiezo una nueva vida, y tú perteneces a ese pasado que quiero dejar atrás. Acabo de hablar con Ciborg y vamos a tener por fin esa "Cita". El problema es que no sé al final como es él físicamente, sólo conozco la parte de unos ojos, a lo mejor una oreja, o parte de sus pómulos, o que estamos igual de zumbaos, ¿a quién se le ocurre montar lo que hemos montado? ¿a quién se le ocurre meternos en este lío? Pero a lo mejor estamos predestinados, dos personas solitarias, que buscaban y que se encontraron, que se entendieron de una manera especial, y que posiblemente por separado no llegarían a hacer lo que han hecho juntos, locuras, sí, pero en esta sociedad que vivimos ¿qué no es una locura? Somos solo dedos detrás de unas máquinas, detrás de esa fría red, conjunto de ondas, de cobre, de vidrio, y que nos calienta, tanto la cabeza como otras zonas más alejadas, pero al final somos como dichas máquinas, vacías, y una persona no puede estar vacía, y eso es lo que me ha pasado, necesitaba llenarme y Ciborg es el que lo ha conseguido. Me ayudó cuando más lo necesitaba, y creyó en mí cuando todo parecía más negro.

Ahora empiezo de nuevo, hay algo que me dice que, para bien, pero otra me dice que necesitaré hacer lo que he hecho hasta ahora para estar con él, aunque no sé qué aliciente tendremos ahora. ¿Segunda Cita? ¿Boda? ¿o matar por matar? Por desgracia creo que esto último será la mejor acción, una manera de llenar nuestro vacío, matando a otras personas, llegar a una excitación que algo cuerpo a cuerpo no he podido conseguirlo, y sé que él también lo ha descubierto. Tendremos que fiarnos el uno del otro, si no queremos acabar los dos intentando matarnos.

Bueno quiero despedirme no sin antes darte las gracias por todos estos años y esa es una de las razones por la que no te destruyo, aunque te haya contado mis confidencias, estas últimas locuras, aunque tú puedas delatarme, pero te lo debo, debo esos desahogos de madrugada cuando me iba sola a casa porque me trataban como carnaza, esos llantos por pensar que nunca conseguiría tener una vida plena, y por escucharme ahora y ser mi espejo para no verme como una loca, aunque realmente lo sea, y lo peor es que me gusta serlo....

Solo decirte hasta nunca..."

CAPÍTULO XLVI
25 DE ABRIL DE 2017 (V)

Aquella sala estaba completamente a oscuras, solo la luz de una vela estaba alumbrando el entorno. Kreine empezó a abrir los ojos, aunque todo lo veía borroso, ahí se dio cuenta que había sido drogada. Solo podía diferenciar diversos olores, el principal era el de rosas y posteriormente sushi. Algo le agarraba a la silla. Por el ancho de material, la detective pensaba que era cinta de embalar o americana. Además, notaba como una mano le sujetaba entrelazando los dedos con los suyos, aunque la poca iluminación, junto con el aletargamiento que tenía, le impedía saber realmente quien era.

Poco a poco se estaba pasando los efectos cuando sus oídos se iban destaponando, pudiendo escuchar las notas de una canción. Le resultaba demasiado familiar, entonces se dio cuenta que era "Don't Cry" de los Guns, así es como se dio cuenta que la pesadilla se repetía.

El efecto de las drogas se desvanecía, con lo cual Kreine se quedó petrificada cuando se dio cuenta que, delante suyo se encontraba la cara del asesino de la Polaroid. La estupefacción que sentía en aquellos momentos Gallur sobrepasaba los efectos de las drogas, con lo cual los ojos se le abrieron completamente. En esos momentos se dio cuenta que lo que tenía delante suyo no era una cara, sino en verdad una máscara, con los ojos fijos, al igual que los distintos cuerpos que habían encontrado en las distintas escenas del crimen. Notaba su mano, entrelazada, pero no la notaba fría, como podía suponérsele aun cuerpo ya muerto, aunque no quiso darle importancia. Intentó mover un poco el cuello, aunque fue imposible, pero en esos momentos se dio cuenta que la mirada perdida de la máscara daba un parpadeo. Quien estuviese allí, estaba vivo, con lo que le hizo estar más nerviosa.

– Hola, ¿me escuchas?, dime ¿estás bien?

Una risa empezó a oírse tras la máscara.

– Hola Kreine, veo que ya te has despertado.

En ese momento la mano que sentía sosteniéndola, se soltó y pudo ver como la figura que tenía delante se levantaba. Dio unos pasos, se puso al lado de la detective a la altura de su oído, y empezó a hablarle.

– Ya era hora que estés donde deberías de haber estado en su momento, Kreine.

Kreine se percató que la voz que le estaba hablando no era la del asesino de la Polaroid, de hecho, se trataba de una voz femenina que reconoció al momento.

– ¿Meri? – balbuceó Kreine– ¿qué estás haciendo?

– Veo que la gran detective se ha sorprendido. ¿Dónde se ha quedado tu sexto sentido? ¿Tus aires de grandeza? Al lado en varias ocasiones de una asesina, y no te has dado cuenta. ¿Qué te obcecaba? ¿Tu pasado? ¿Tus miedos? Me has defraudado. Y lo peor no es solo eso, sino que en el momento que vi que no te acordabas de mí, sabía que al final acabarías en mis garras.

–Pero, ¿quién eres?

– ¿De verdad que no me recuerdas?

Meri acarició en ese momento la mejilla de Kreine. Fue entonces cuando una sensación pasada recorrió el cuerpo de la detective.

– ¡No fue una ilusión! – dijo entrecortadamente Kreine– Tú eres la niña que vi cuando me cogió el asesino por primera vez ¿no?

Meri se quitó en ese momento la máscara que aún llevaba puesta, y una amplia sonrisa se podía ver en su rostro.

– Algo de memoria parece que estás empezando a recobrar. Sí yo era aquella niña que te acarició la mejilla, y en mala hora lo hice. – la sonrisa que tenía Meri, se volvió en una seriedad extrema en ese momento.

– Sigo sin entender lo que está pasando Meri. ¿Por qué me tienes atada? ¿Qué te he hecho yo? ¡dime! – le indicó ya Kreine de una manera nerviosa.

– Qué no hiciste, para ser más precisa. Deberías haber dejado vivo a mi padre y no fue así. Aunque creo que es mejor que sepas algo de toda la historia. – Meri paró, miró un momento hacia el suelo, y prosiguió cuando levantó la mirada– No tengo recuerdo de mi madre, mi padre me dijo que murió cuando yo nací, y aunque con lo aficionado que era a la fotografía nunca me enseñó ninguna foto suya, porque me decía que yo era una su imagen viva, y que ninguna fotografía que me enseñara podría plasmarla como lo podía hacer yo. – Meri hizo una pausa. Podía cortarse el silencio, pero en seguida prosiguió– Te preguntarás cómo es posible que una persona que tiene que cuidar a una niña se ponga a hacer esas atrocidades a otras personas. Es fácil verlo con esa mirada apartada, y material, pero ¿si te dijera que lo que hacía él era arte?, ¿y si te dijera que me ensañaba de pequeña con cada escena una historia y que así aprendía? Los sujetaba, los retorcía, los moldeaba, yo veía como hacía

las fotos y me divertía, al igual que al ver el resultado final.
– Meri hizo una pequeña pausa acercándose a la cara de Kreine, la miró hacia abajo y después la miró fijamente, entonces se acercó de nuevo a su oído y le dijo– Me divertía y al mismo tiempo me ayudaba a no tener miedo a la vida, al fin y al cabo, si somos marionetas, mejor ser yo el que las maneje y no que me manejen a mí.

Meri se alejó hacia una de las esquinas de la habitación desapareciendo en la oscuridad de la misma, siendo ya complicado verla, cuando de pronto, la luz de las farolas de la calle empezó a recorrer toda la habitación. Era la asesina que había apartado las cortinas que se encontraban a ese lado del habitáculo. Fue así como Kreine pudo darse cuenta cómo era donde se encontraba. Parecía un antiguo edificio de oficinas, y por la suciedad del suelo, así como el desorden de las mesas, se notaba que estaba abandonado. Además, pudo ver como Meri se había cambiado la ropa, poniéndose un aspecto más masculino, con una camisa blanca al igual que unos tejanos, asimilándose así a algunas de las víctimas. Ella no podía adivinar si la habían cambiado, se encontraba fijada a aquel asiento, al igual que su cuello se encontraba rígido, debido a que la cabeza la tenía sujetada con una brida a un listón de madera que le recorría la espalda.

– Mi padre– continuó hablando Meri– una vez dormidos les clavaba una jeringuilla con un líquido. Les pasaba una corriente justo en esos puntos que quería que se doblaran las articulaciones, y los quemaba un poco con soplete. Utilizaba siempre a indigentes, sin techo que en Barcelona había muchos, y era bueno en buscar la expresión, la luz o por lo menos yo de pequeña los recuerdos que tengo es que eran maravillosos, de hecho, no parecían en ningún momento muertos. Solo le dolía una cosa, que nunca sus fotos se expusieran, que no estuvieran en ninguna portada, en ninguna exposición. Así que empezó con su búsqueda de protagonismo. Ahora hay Twitter, Instagram, Facebook, pero al final de los 80 principios de los 90 que iba a haber, solo había periódicos revistas y televisión, y sabía que su obra era de un loco. Así que sí era un loco, que fuese un loco con todas las consecuencias. Seguía sin conseguir que le hicieran caso se dio cuenta que matando a indigentes solo ayudaba a quitar un problema. Así que cambió la estrategia, y pensó que resonarían más personas normales, y que la policía se hiciera eco, pero no se hizo, y él seguía, pero nada salía, así que su sed de sangre siguió. Hasta que apareciste tú.

Meri miraba a través de la ventana, como esperando algo, a la vez Kreine no quería articular palabra, sabía que no tenía que interrumpir a Meri, para así saber algo más de los motivos que llevaron a un depravado a hacer lo que hizo.

– El día que estuvimos en tu casa, y matamos a tu chico, no sabíamos que ibas a aparecer tú, pero apareciste, y mi padre por supuesto tuvo que inmovilizarte y drogarte. No te puso la inyección letal porque me acerqué hacia dónde estabas, y algo me atrajo de ti. No me preguntes el qué, sería posiblemente que no había tenido nunca madre, y eras la chica más guapa que por ahora había visto con mi padre. Así fue como sobreviviste, y como luego mi padre se encaprichó por ti, pero no porque él quisiera desde el principio, sino porque yo le dije que me gustabas como madre. Mi padre no pudo negarse, sabía que posiblemente fuera imposible, pero ver la ilusión en los ojos de una niña hacía que lo viera cada vez más probable. Lo volví a ver feliz, y yo también lo estaba, hasta que todo se truncó el día que lo mataste, él solo quería hablar, y tú …. tú lo mataste Así fue como destrozaste mi vida.

–No puede ser– le cortó Kreine– no es posible, revisé aquella nave y tú no estabas allí.

Meri se acercó al lado de Kreine y se bajó los pantalones a la altura de las nalgas. Podía verse como una quemadura le atravesaba entera y la puso enfrente de los ojos de la detective.

– Mi padre cayó de los tiros que le disparaste y estaba inconsciente, entraste y saliste rápidamente y empezó a extenderse el fuego acelerándose por las bombonas de los sopletes que utilizaba para sus fotos. Aquella nave era nuestro refugio y allí guardábamos todo. Estaban todas las puertas cerradas y no había ningún sitio salvo por donde cayó mi padre por donde podría salir el humo. Yo ya no podía respirar y mi padre abrió los ojos, se encontraba muy mal herido, aunque sus últimas fuerzas fueron para desbloquear una puerta trasera que había en aquella habitación. Cuando la abrió una llamarada saltó y me quemó y mi padre se quedó tendido, me dijo que me fuera y que corriera, y eso es lo que hice, correr y correr hasta que me escondí detrás de la nave junto a unos árboles que había. Así fue como vi como no paraba de salir humo, así fue como vi que tú te salvaste, como se hizo de noche y como yo rabiaba de dolor por las quemaduras en mi vientre. Al ver que ya no había nadie, anduve durante varias horas hasta que empezó la fiebre y me desplomé. Lo siguiente que recuerdo es que estaba en un hospital, y del hospital me llevaron a un orfanato. Nunca dije quién era mi padre, y estuvieron durante días buscando a ver si encontraban a alguien que me echara en falta, pero nadie, nadie me echó en falta. Era normal, yo solo conocí a mi padre.

– ¿Y por qué ahora estás haciendo esto? ¿Y quién es tu cómplice? – preguntó Kreine.

– ¿Mi cómplice o mi víctima? – dijo Meri con sarcasmo– Te voy a decir por qué lo hago, y la razón es poder. En el momento que tú eres el dueño de las vidas de otros, nada te puede detener. Llevo bastantes asesinatos a mis espaldas, y no solo éstos que has conocido en Madrid, empecé en Barcelona, y fue trasladándome a distintas ciudades. He matado a indigentes, a salidos, a gente que conocía por internet, pero la forma de hacerlo era enamorándolos, utilizando mi cara, mi voz, y el engaño de una pantalla. Lo que me ha pasado en Madrid no es más que otra de mis víctimas, pero que al final la he hecho a mi imagen y semejanza. Una depredadora, una persona que ha encontrado como yo, el poder sobre otras personas, y es matando. La elegí al principio porque se parecía a ti, pero me ha salido la jugada mejor de lo que esperaba.

De pronto un mensaje de texto sonó en el móvil de la asesina. Ella lo cogió y una sonrisa se le dibujó en la cara.

– Por cierto, ahora será tu pareja de este banquete. Ya está aquí.

La Cita

CAPÍTULO XLVII
25 DE ABRIL DE 2017 (VI)

En la habitación del Hospital se encontraban el Comisario esperando que su agente despertara. Cuando los compañeros lo encontraron en el coche estaba inconsciente, y desangrándose. El Comisario estaba muy encima del caso que estaba dejando en evidencia a toda la policía madrileña, principalmente porque uno de los últimos asesinados era su hijo. Es por ello que cada media hora se ponía en contacto con Sagarra para saber si habían encontrado a la malnacida que había matado a Velázquez. Al ver que el agente no contestaba mandó urgentemente a una pareja cercana a aquella zona y fue cuando se encontraron el pastel. Su agente se encontraba aparentemente drogado y con una puñalada en el costado que no paraba de sangrarle, según los médicos tenía el intestino perforado y posiblemente si hubieran tardado un poco más ahora estaría muerto. El comisario estaba esperando que despertara, necesitaba saber cuánto antes qué había pasado. En ese momento parecía que el agente le había leído la mente, porque Sagarra abrió los ojos.

– Hola Sagarra ¿puedes oírme? – indicó el comisario.

El agente a duras penas podía balbucear palabra alguna, pero intentó hablar con el comisario susurrándole.

– ¿Y Kreine, ¿dónde está? Tengo que hablar con ella. Va a por ella, ella es su objetivo.

– Descansa, ella no está aquí no la hemos encontrado y tampoco nos hemos podido poner en contacto con ella.

– Coja mi móvil, para encontrarla.

– La hemos llamado varias veces, pero no hemos podido dar con ella– dijo el comisario.

– Coja mi móvil y entre en la aplicación GeoPenta, le dirá dónde está.

El Comisario cogió el móvil de Sagarra y buscó la aplicación que le estaba diciendo el agente. No conocía de nada dicha aplicación, pero de pronto se dio cuenta que era un geo localizador y que un punto estaba parpadeando en un polígono cerca de Fuenlabrada.

– Puedes explicarme esto– le indicó el Comisario.

– Es una aplicación de inteligencia para buscar a agentes, cada agente tiene un pequeño chip implantado, y le dan acceso a partir de esta aplicación. Kreine me dio acceso, sabía que posiblemente algo podía pasarle. Por favor id a por ella, puede ser que esté en peligro.

CAPÍTULO XLVIII
25 DE ABRIL DE 2017 (VII)

La dirección que le había dado Ciborg no dejaba lugar a dudas, se encontraba en un polígono industrial de Fuenlabrada, y era la única nave industrial, que a esas horas se encontrara la verja abierta, así que se decidió a pasar. No sabía lo que se iba a encontrar detrás, de la puerta. Podía notarse como ella estaba nerviosa, esperando conocer por fin a aquella persona con la que había congeniado, e incluso se había iniciado en esto que se llama matar. Ciborg le dijo por mensaje que entrara y que cerrara la verja al pasar por ella.

Alexandra miró la nave industrial que estaba completamente vacía, pero una nota en la barandilla de una escalera que se encontraba al entrar, le indicaba que subiera. Sabía que Ciborg podía haberle preparado una sorpresilla, pero no quería hacerse muchas ilusiones, principalmente por los últimos acontecimientos que habían acelerado todo el proceso de esa primera cita.

Alexandra subió las escaleras, y llamó a la única puerta que había. No recibió respuesta, pero dentro de ella se escuchaba la que había sido su canción, con lo cual sabía que iba por el camino adecuado. Al abrir se encontró todo a oscuras, salvo la luz tenue de una vela donde podía apreciarse dos bultos.

– ¿Ciborg?, estás ahi.

Ninguna respuesta se oía en aquella sala. Alexandra se acercó a la mesa para poder ver más de cerca esos dos bultos, pudiendo distinguir que era una representación de su

Cita. La asesina tenía ganas de conocer completamente la cara de Ciborg. Pero se llevó una sorpresa al ver que la máscara estaba completamente blanca con una frase en la frente que ponía "Conóceme", en cambio, la máscara de la que supuestamente era la chica si tenía la cara de Alexandra. Era complicado entender como había conseguido una fotografía entera de su cara, cuando ella misma solo le había dado unos trozos. Así que se dirigió a la cara del chico para quitarle la máscara, esperando ver el rostro de Ciborg, pero al quitarle la máscara, detrás de ella estaba la cara de una chica, con un rostro demasiado familiar para Alexandra.

En ese momento el cuerpo se le paralizó, algo que aprovechó Meri para ponerle un paño en la boca lo que hizo que en unos instantes Alexandra se desplomara. Todo ello ante la mirada tras la máscara de Kreine, que con la boca tapada y con el cuerpo completamente sujeto le impedía avisar a Alexandra.

CAPÍTULO XLIX
25 DE ABRIL DE 2017 (VIII)

Alexandra abrió los ojos poco a poco. Se dio cuenta que el escenario había cambiado completamente. Ya no estaba todo a oscuras, sino que todas las persianas estaban subidas y la luz de las farolas entraba a través de los ventanales que recorrían aquella habitación. Enfrente suyo se encontraba ya sin máscara Kreine, y justo sentada a su izquierda con la silla del revés se encontraba Meri. Alexandra conocía a aquella chica, no era otra que la que se estaba enrollando con Luis en la foto que le había enviado Ciborg antes de que comenzará aquella serie de asesinatos.

– ¿Pero ¿cómo es posible? ¿Yo te vi muerta? ¿Dónde tienes a Ciborg? – dijo Alexandra.

Meri le miró con una sonrisa y empezó a acariciarle el pelo – ¡Pobre infeliz!, has caído en una trampa tu solita Luna, por el móvil eres más simpática conmigo.

– ¿Ciborg? – dijo Alexandra sorprendida.

– La misma. ¿Decepcionada?, gano en las fotos ¿verdad? – Meri empezó a reírse, parando en seco. – Tienes que estar orgullosa amor, es la primera vez que una víctima mía, me supera a sanguinaria. Fuiste la primera víctima que seleccionaba que no fuese indigente o drogadicta, sabía que habías estado con tratamiento psiquiátrico, y además me recordabas a una vieja deuda pendiente. Quería jugar contigo, que te vinieras a mis brazos, y una vez anulada matarte, pero la verdad es que me sorprendiste. No esperaba para nada que mataras a la mínima de cambio a Luis, pobrecillo, su único pecado cobrar por ser chico de compañía y le pagué para que saliera contigo. Quería que cuando te enseñara la foto conmigo, te vinieras a mis brazos, jugásemos a una pequeña Cita, y acabaras como estás ahora, pero te adelantaste. Me enseñaste que podías tener la mente aún más retorcida que yo, y te seguí el juego, te tenía a ti de objetivo, pero cambié a otras personas, que fuesen igual de malas que tú, presidiarios, vagabundos, scorts, maltratadores. En cambio, tú solo querías quitarte la espina de tus desamores, y sentirte guapa por un momento, aunque fuera solo para matarlos. Tu sed de sangre era asombrosa y te dejé y dejé, hasta que pensé que una vieja amiga podría entrar dentro de nuestro juego, que por cierto esta noche será tu compañía. Te presento Alexandra a Kreine.

Alexandra empezó a gritar mientras que Kreine se encontraba amordazada por eso no podía haberla cortado, así es cómo pudo enterarse del porqué de los asesinatos.

Meri le tapó la boca lentamente a Alexandra, mientras le indicaba con la mano que callara.

— Esta que podía haber sido mi madre si hubiera querido, prefirió quitarme aquello que quería y dejarme vagando de orfanato en orfanato y hacerme a mí misma. Pero tú me has dado el valor a ir a por ella, Alexandra. Se necesita un poco de locura para hacerlo, y esa pequeña chispa de locura era la que necesitaba. La verdad es que te doy las gracias. Lástima que todo tiene su ciclo, y el tuyo ha llegado a su fin.

Las pupilas de Alexandra se dilataron de pánico, hasta que su respiración empezó a acelerarse. En ese momento notó como un elemento punzante le iba atravesando las entrañas, sus gritos se amortiguaban con la venda que tapaba su boca, notaba como se desgarraban internamente, y poco a poco fue cerrando los ojos hasta que emitió su último suspiro.

La mirada de Kreine era de pánico, había visto toda la escena, y lo peor de todo es que mientras Meri introducía el cuchillo en el cuerpo de Alexandra, la asesina no dejaba de mirar fijamente a los ojos de la detective mientras una sonrisa salía de su boca. Cuando Meri sacó el cuchillo lo depositó encima de la mesa, y tapó por encima la mancha de sangre que estaba saliendo del cuerpo de Alexandra. Se fue a una de las esquinas de aquella sala, y cogió un trípode junto con una cámara y la colocó delante de Alexandra. Se tomó su tiempo para enfocar, para quitar distintas iluminaciones malas que había en la habitación, y cerró completamente el obturador, puso el disparador remoto y cogió su silla y se sentó al lado de Kreine, cogió un cigarrillo lo encendió lentamente y apretó el disparador, quería saber si esa era la luz adecuada.

– Para hacer una fotografía buena no solo tienes que tener suerte, sino también buscarla, lo contrario que a ti te pasa, tú buscas al asesino, al culpable, y a veces tienes suerte, como tuviste con mi padre. Pero aquí yo he sido la que he tenido suerte porque has picado el anzuelo. Sé qué no es lo que te esperabas, la docilidad de mi padre, o incluso en algunos casos un pequeño error, pero ha sido gracioso verte de aquí para allá, preguntando, sin pistas, creyendo que mi padre estaba vivo, y lo mejor de todo es esa cara que tienes ahora de pánico, de saber que te va a llegar la hora, pero no te preocupes, quiero ver un poquito más esa expresión, quiero que sufras por todo lo que he sufrido yo estos años, y por supuesto por la muerte de mi padre que no se la merecía.

Meri empezó a colocar a Alexandra de una manera precisa en la mesa, sujetó cada una de sus partes por medio de listones de madera, y en las articulaciones les descargaba corriente con el teaser cuando veía que se quedaba algo rígida, aplicaba calor con una pistola decapante. La detective, volvía a revivir lo que vivió en su casa de Canet, y aquello que le hicieron a su pareja, pero esta vez no estaba bajos los efectos de ninguna droga, lo podía observar, oler, y sentir en toda su realidad y con toda su crueldad.

CAPÍTULO L
26 DE ABRIL DE 2017 (I)

El comisario Velázquez se encontraba a la cabeza del operativo que se trasladaba en dirección al polígono de Fuenlabrada. El posicionamiento del GeoPenta estaba claro, y le quedaba poco menos de un minuto para llegar al lugar indicado. Todo el efectivo estaba avisado de no poner las sirenas, con lo que el único ruido que podía escuchar el Comisario, era los acelerones que estaba transmitiendo al motor. Velázquez solo podía pensar en su hijo, en realidad la detective le daba igual, buscaba venganza y ahora el único lazo para poder conseguirlo era aquella mujer que le había avergonzado delante de los suyos.

Llegaron a las naves industriales, hasta el punto de que le indicaba la aplicación, colocándose justo delante de un gran bloque de oficinas, rodeado de un extenso patio. El efectivo salió de los coches y buscó una entrada posible para no llamar la atención, pero lo único que pudieron encontrar es una puerta pequeña que se encontraba entreabierta. Aunque Velázquez pidió entrar el primero, el desajuste por ese efectivo tan numeroso hizo que no fuera el comisario el que encabezara la puerta. Entró por dicho pórtico cuando se percató que una pequeña barrera luminosa se reflejó en su pierna. Rápidamente pidió al efectivo que se parara, para arrodillarse y ver dicho haz, entonces se dio cuenta que realmente estaba ante un pequeño interruptor fotosensible de aviso para alguien. En el momento que se dio cuenta de esto pidió al operativo que aceleraran el paso, habían puesto sobre aviso a alguien y no tenía claro a quién.

CAPÍTULO LI
26 DE ABRIL DE 2017 (II)

El tiempo pasaba lentamente para Kreine, mientras Meri no dejaba de tomar fotos al cuerpo inerte de Alexandra. Estaba desorientada, no había luz, solo aquella vela, y aunque su vista ya se había adecuado a la poca iluminación, no podía saber realmente cuánto tiempo podía llevar allí. Meri, no había mediado palabra desde que se burló de ella, y se dedicaba en exclusiva retratar a aquel cuerpo frío.

De pronto el disparador dejó de sonar. Kreine pudo ver como la asesina dejaba la cámara encima de la mesa y se acercaba a quitarle la venda de la boca a la detective.

– Bueno, creo que ya ha llegado tu turno. – dijo Meri– ¿Alguna cosa que quieras decirme, o saber antes de que te vayas al otro barrio?

– ¿Cómo has podido llegar a convertirte en lo que fue ese hombre? Eres una burda copia, lo sabes, ¿no? – le dijo Kreine.

– ¿Me preguntas tú que cómo he podido llegar?, ¿no te das cuenta que tú eres como nosotros? fría, calculadora, y buscas tu objetivo caiga quien caiga, muera quien muera.

– No me confundáis con vosotros– dijo la detective– Vosotros sois unos carniceros, tenéis sed de sangre, y os gusta hacer sufrir a cualquiera que se os ponga por delante. Lo hizo tu padre con los de Barcelona, y ahora lo has hecho tú aquí en Madrid y a saber con quién más. ¿Cómo te atreves a decirme que soy igual que vosotros? Sois la misma clase de escoria y calaña.

Meri empezó a mirarla, y una carcajada le salió espontáneamente, aunque su mirada denotaba cólera.

– Pobre ilusa, sigues teniendo la misma soberbia que cuando mataste a mi padre. Nos dices a nosotros ansia de sed, ¿y qué es lo que tuviste tú cuando volviste a la nave para matar a mi padre? Él nunca llevaba un arma de fuego, y lo sabes muy bien. Mataba sí, pero sin sufrimiento. Si yo he aprendido a matar con sufrimiento ha sido por ti, tenía rabia, cada uno que he matado veía tu cara y soñaba con reencontrarme contigo y que sufrieras. ¿Qué te crees? ¿Qué no vi cómo le disparaste?, y lo peor ¿qué no vi también como prendiste fuego a la habitación? sabías que si no encontraban pólvora en sus manos podrían descubrir que él no te disparó primero y que no tenía arma de fuego, y que te quedarías sin ser policía. Creías que estabas sola, pero estaba yo allí, ese fue tu error.

– Él se lo merecía, mató a inocentes, y si llega a ir a la cárcel no hubiera cumplido ni la mitad de la pena, y más aún sin justicia social al no salir en los medios de comunicación– contestó Kreine.

– Él te quería, yo te quería, y lo mataste a él y me jodiste la vida a mí. Y ahora quiero jodértela a ti, creo que es un trato justo.

– ¿Y cómo vas a matarme? – volvió a hablar la detective Gallur– No te tengo miedo eres una cobarde que te escondes detrás de una cámara. ¡Mátame, venga, mátame!

– ¿Quieres morir como ella?, ¿O prefieres como ese agente que te acompañaba, desangrándose de un costado? O mejor aún, ¿quieres morir como Maybelline?

Kreine, se quedó extrañada al oir el nombre de la camarera del Single que interrogaron.

– ¿De qué te extrañas? – continuó hablando la asesina– La verdad es que ella tiene un papel importante en todo lo que ha pasado. ¿O cómo te crees que me enteré que habías llegado? ¿Que mi mensaje hacia ti con lo ocurrido en el Compostela Suites había tenido su fruto?

Meri se acercó a la silla de la detective, y empezó de nuevo a hablar.

– Maybelline ha muerto bastante más tarde que lo que tenía previsto. Iba a ser una víctima de este juego, pero al verla tan desprotegida, y desubicada, me recordó a mí, y deseché esa opción. Me gané su confianza poco a poco. Nos hicimos pareja, hasta que finalmente se abrió a mí, y me comentó sus mal sabores aquí en España. Después de ser puta, se encontró con aquel desgraciado que la marcó. Fue compañera de la chica que murió también en el Apart–Hotel, sabía que le robaba a clientes y chantajeaba a compañeras, Maybelline entre ellas. Además, por los contactos que tenía con otros países, también conocía a los porteros qué asesiné, pero no por actos buenos, sino por la cantidad de droga que manejaban. Busqué a mis victimas por sus defectos y lo que me comentaba ella, las hacía perfectas para tal fin. Maybelline era demasiado inteligente, para que no se diese cuenta de lo que me llevaba entre manos, y se topó con la realidad cuando fuisteis a hablar con ella. Su secreto con ese desgraciado solo me lo había contado a mí. Al acabar de hablar con vosotros me llamó rápidamente, así fue como me di cuenta que habías picado el anzuelo y estabas aquí. ¡Una gran pérdida!, la verdad, tuve que matarla para no dejar ningún cabo suelto, siempre caen soldados buenos en grandes guerras. Pero lo que más gratificante de todo esto es cómo pude ver lo débil que eras, tú con lo profesional que dices ser que eres, no investigaste nada de ella, pobre desgraciada, donde menos te puedas esperar que salte la liebre, ahí está y la pisas.

La asesina empezó a reírse de nuevo.

– Para ti te tengo reservado la mejor parte, Kreine. No creas que tu muerte va a ser tan rápida, como la de Alejandra. Quiero verte sufrir, al igual que mi padre sufrió cuando se iba quemando poco a poco, quiero plasmar ese sufrimiento en mi cámara y conseguir una obra de arte como las que él hacía, y al mismo tiempo vengarlo.

– Eres una cínica, mátame, venga, mátame, así me quitaré el sufrimiento de vuestras locuras, de ser como soy por culpa vuestra. Mátame. Me da igual si es lento, pero así descansaré – dijo Kreine con una voz de rabia inmensa.

En esos momentos un pitido resonó en toda la sala. La cara de Meri, se desencajó completamente. Y se fue a una de las esquinas para observar una pequeña pantalla. La exclamación "MIERDA" salió de sus labios, y rápidamente se acercó a la detective.

– Creo que hoy vas a tener suerte, vivirás un poco más– al terminar la asesina esta frase se acercó a los labios de Kreine y empezó a besarla, frente a la estupefacción de la detective. Seguidamente se alejó rápidamente y le puso un trapo en la boca, y aunque Kreine empezó a resistirse, al final cayó de nuevo desvanecida en un profundo sueño.

FINAL

Habían pasado ya dos semanas desde que Kreine había dejado el hospital después de haberse despertado desorientada en una de sus habitaciones. Los análisis mostraban que había sido dormida con cloroformo, pero querían hacerle determinadas pruebas y tuvo que estar ingresada. Durante ese tiempo pudo hablar tanto con el Comisario, como con Sagarra. Les comentó todo lo que había pasado, como eran dos las asesinas pero que la líder era Meri, y que lo que buscaba era sed de venganza hacía la detective porque se trataba de la hija del asesino de la Polaroid. Además, posiblemente los asesinatos investigados no habrían sido los únicos y sería conveniente que se repasaran casos anteriores que estuvieran sin resolver.

Tantos y tantos cabos sueltos que se cerraron de un plumazo en tan solo unos minutos de conversación, aunque ella se guardó decirle al comisario y a Sagarra que también en su momento se había vengado del padre de Meri, quemándolo vivo.

Ahora se encontraba dentro de la comisaría leyendo el diario de Alexandra que habían encontrado en su casa, así como las conversaciones de WhatsApp de los dos teléfonos móviles que le habían intervenido, y le resultaba increíble cómo había podido ser engañada, como la había manejado, y aunque al principio no se podía explicar cómo Alexandra había llegado a asesinar, todo tomó sentido cuando pidieron todo su expediente médico. Alexandra había sufrido ya varios episodios de depresión, y suicidio, relacionados siempre con relaciones amorosas fallidas. Conforme los informes, se obsesionaba con cada relación, dando lugar a un episodio maniático. Era complicado entender como Meri podría haberse enterado de esos episodios, pero lo cierto es que supo cómo manejarlo y utilizarlo para escudarse tras ella.

El estudio pormenorizado de todo el caso y la búsqueda de pistas para intentar buscar a Meri, fue de varios días. Se tenían muchos datos para meterse en la cabeza de Alexandra, pero pocos para saber algo de Meri. Para Kreine esta última era como un fantasma, había vuelto desde el pasado, para casi matarla, y ahora se había desvanecido para seguir atormentándola en este presente y futuro inmediato.

Kreine no podía hacer mucho más allí, por lo que cogió su Phantom y puso marcha de nuevo hacia Barcelona. Estar más tiempo en Madrid podría suponer tener sobrevolando esos fantasmas tanto del pasado como del presente. Durante todo el trayecto, intentaba quitarse todo de la cabeza, viendo el paisaje, notando la brisa en el cuerpo, y escuchando el ruido del motor de su moto.

Así es como llegó a su casa, y empezó a revisar su móvil. Tenía varios mensajes de WhatsApp, y aunque la mayoría de ellos correspondía a Sagarra interesándose de cómo había llegado, uno de ellos provenía de un número desconocido. Dentro de él solo había una foto, en ella se veía una mesa con una máscara sobre ella, y junto a la misma había una foto hecha con Polaroid. Kreine amplió la foto con los dedos para ver si veía algo en esa otra foto, entonces fue cuando la detective salió corriendo a la cafetería que se encontraba enfrente de su casa de las Ramblas. Allí estaba la máscara y la instantánea. Era ella esa misma noche justo en el momento de entrar al portal hacía escasos minutos. Meri había estado allí, y la estaba vigilando. La pesadilla volvía a empezar.

www.ingramcontent.com/pod-product-compliance
Lightning Source LLC
LaVergne TN
LVHW010318200726

843507LV00010B/1268